Escapade en Bavière

Barbara Cartland est une romancière anglaise dont la réputation n'est plus à faire.

Ses romans variés et passionnants mêlent avec bonheur aventures et amour.

Vous retrouverez tous les titres disponibles dans le catalogue que vous remettra gratuitement votre libraire.

Barbara Cartland

Escapade en Bavière

traduit de l'anglais par Jean-Louis LASSÈRE

Éditions J'ai lu

Ce roman a paru sous le titre original :

A VERY NAUGHTY ANGEL

© Barbara Cartland
Pour la traduction française :
© Librairie Jules Tallandier, 1977

1

Le train entra lentement en gare de Windsor. Le quai n'était pas complètement vide, ainsi qu'il en était les jours où la reine arrivait par train spécial. Il y avait cependant quelques officiers en grand uniforme, venus accueillir la princesse Priscilla, duchesse de Forthampton, et sa fille. Une voiture aux armes royales les attendait à la sortie.

On aida les deux dames à monter et l'attelage s'ébranla, en direction du château.

— N'oubliez pas, Tilda, que vous ne devez pas parler à la reine avant qu'elle vous ait interrogée, dit la princesse à sa fille.

— Oui, maman.

— Rappelez-vous que vous devez prendre la main de Sa Majesté, faire une longue révérence et ensuite, seulement, baiser sa joue.

— Oui, maman.

— Et écoutez attentivement tout ce qu'elle dira.

— Oui, maman.

— Promettez-moi, Tilda, de ne poser aucune question. C'est une fâcheuse habitude que vous avez là, je vous l'ai d'ailleurs déjà dit.

— Mais maman, comment peut-on obtenir une réponse si l'on ne pose pas de question ?

— C'est tout à fait le genre de remarque que j'attendais. Oh, comme je voudrais que votre père soit là ! Devant lui, au moins, vous n'osez pas ce genre d'insolences.

Tilda ne répondit pas. Lady Victoria Matilda Tetherton-Smythe avait entendu bien souvent sa mère lui prodiguer tous ces conseils, et cela bien avant que l'invitation pour Windsor ne parvienne au château de Forthampton.

Elle savait, par expérience, que la meilleure politique à suivre était d'écouter sagement, tout en laissant sa pensée suivre son cours.

Elle était un peu impressionnée à l'idée de voir le château et, à plusieurs reprises, elle se pencha par la portière de la voiture pour l'apercevoir.

Pour le moment, elle ne voyait que des maisons, et la forteresse commencée sous Guillaume Ier n'était pas encore en vue.

Revenant à ses souvenirs, Tilda se rappelait son admiration pour ce château bâti sur une hauteur dominant la rivière pour rappeler sans doute aux ennemis éventuels, la puissance des conquérants normands.

« Le peuple devait les détester ces Normands ! » pensa-t-elle.

— Tilda, vous ne m'écoutez pas ! dit sa mère. Qu'est-ce que je viens de dire ?

— Je vous prie de m'excuser, maman, je pensais à autre chose.

— Vous pensez toujours à autre chose, explosa la princesse. Je vous en prie, écoutez-moi.

— Je vous écoute, maman !

— Je vous disais de ne pas oublier qu'à partir de maintenant, vous serez Victoria, pour tout le monde. Vous portez le prénom de la reine, et comme elle est votre marraine, vous devez l'honorer en portant le prénom qui vous a été donné.

— Je déteste le prénom de Victoria, répartit Tilda.

— Votre père ne l'aime pas beaucoup non plus, c'est pourquoi nous vous avons appelée Matilda, puis Tilda, par abréviation. Ce diminutif m'a d'ailleurs toujours semblé très commun.

— A moi, il me plaît.

— Ce qui vous plaît ou vous déplaît n'a, pour le moment, pas la moindre importance, Til... je veux dire Victoria.

— Vous voyez, maman, c'est inutile. Vous ne parviendrez jamais à m'appeler Victoria, même si toute l'Obernie me nomme ainsi.

— Je crois en effet que les Oberniens vous appelleront Victoria. N'oubliez pas que c'est la reine elle-même qui a arrangé votre mariage.

— Je n'ai pas oublié, maman.

C'est un très grand honneur. Vous devriez en être fière.

Tilda ne répondit pas, et sa mère continua :

— Peu de jeunes filles de votre âge ont la chance de devenir princesse régnante d'un pays d'Europe de quelque importance.

— C'est loin... très loin, murmura Tilda.

Elle aurait voulu en dire plus, mais à ce moment, dans l'encadrement de la vitre, le château lui apparut et lui sembla tout aussi impressionnant qu'elle l'avait imaginé. Elle pensa immédiatement aux chevaliers qui jadis y prenaient part à des tournois. Elle les voyait portant l'écu peint à leurs couleurs et la lourde épée à poignée d'or.

« J'aurais tant voulu vivre à cette époque », pensa Tilda.

Chaque chevalier avait la Dame de son cœur qu'il estimait belle entre toutes et, les jours de combat, c'est à elle qu'il adressait sa prière et à elle qu'il donnait les preuves de son courage et de ses qualités guerrières.

Les chevaux grimpaient la pente qui conduisait à l'entrée principale du château et soudain, Tilda songea qu'elle était en train de parcourir le chemin que la reine Elisabeth Ire avait parcouru tant de fois.

Comme elle admirait cette reine à la silhouette fragile et à la volonté de fer, empreinte de grâce et cependant capable de participer aux plus plantureux festins.

Elle qui aimait tant chasser dans le parc qui entourait le château et avait assez de vigueur pour tuer un grand cerf de sa propre main. Tout le monde à cette époque admirait et acclamait Elisabeth, la reine sans époux.

« Peut-être ne voulait-elle pas que l'on choisisse un mari pour elle ! » pensa Tilda.

La voiture s'arrêta un instant avant de franchir la porte.

— Maintenant, Tilda, rappelez-vous toutes mes recommandations, dit la princesse Priscilla d'un ton sec. La reine ne vous a pas vue depuis très longtemps, il importe que vous lui fassiez bonne impression.

— Je ferai de mon mieux, maman.

Elles traversèrent l'immense entrée gothique du XIVe siècle et empruntèrent un couloir assez sombre, mais dans lequel Tilda remarqua cependant les corniches et panneaux sculptés par Grinling Gibbons.

Elle ne pouvait dire pourquoi, mais les sculptures de Gibbons l'avaient toujours attirée. Les feuilles, les fruits, les poissons, le gibier, tout, chez cet artiste, acquérait une grâce particulière et contenait, pour Tilda, un message particulier qu'elle n'avait encore pu définir.

Elle ressentait toujours ce même bonheur face à la beauté; c'était comme un foyer d'excitation qui naissait en elle.

Elles continuèrent sous la conduite d'un majordome solennel. Tilda sentit que sa mère était tendue : celle-ci avait l'habitude de pincer les lèvres et de jouer nerveusement avec son écharpe et son sac lorsqu'elle était contractée.

— Maman, soyez plus calme, la reine ne va pas nous manger, finit-elle par dire tout en sachant que cette remarque n'aurait pour effet que de la raidir un peu plus encore.

Elle avait appris que la présence de la reine à Windsor était un événement exceptionnel : en effet, depuis la mort du prince consort, la reine refusait de quitter Osborne où elle vivait en recluse.

Mais les événements politiques de l'année précédente et la tension avec la Russie lui avaient apporté une nouvelle vitalité qui était, selon les membres de son gouvernement, un véritable rajeunissement.

Après avoir subi diverses pressions de la part de ses ministres pour qu'elle sorte de sa retraite, c'était elle maintenant qui les aiguillonnait et multipliait leurs tâches. Le fait qu'elle eût pour Premier ministre Benjamin Disraeli, un homme dans lequel elle avait toute confiance, avait été déterminant dans son changement d'attitude.

Comme il l'a dit lui-même un peu plus tard :

— Elle a inspiré son Premier ministre et son Premier ministre lui a toujours été dévoué.

Quoi qu'il en soit, la présence de la reine à Windsor rendait la tâche plus facile aux membres de son gouvernement qui pouvaient ainsi la voir à tout moment.

La princesse Priscilla avait confié à Tilda :

— Au fond, je préfère que la reine se trouve à Windsor pour notre visite, car je n'aurais pu entreprendre le long voyage jusqu'à Osborne à cause de votre père.

Le duc de Forthampton, qui avait eu l'insigne honneur comme roturier d'épouser une princesse royale et de plus, petite-nièce de la reine, était actuellement malade. Sans aucun doute avait-il dû la faveur exceptionnelle de ce mariage au fait qu'il était l'un des hommes les plus riches d'Angleterre.

Cependant, de l'avis de tout le monde, leur mariage avait été une réussite. Le seul inconvénient de cette union était que le duc était bien plus âgé que son épouse, et pour cette raison, ajoutée à d'autres peut-être, ils n'avaient eu qu'un seul enfant : Victoria Matilda. Ainsi, il n'y aurait pas d'héritier direct au titre de duc de Forthampton.

Ce fut une surprise pour la famille que la reine se souvînt de l'existence de sa filleule, quand elle commença à faire des projets de mariage pour allier la plupart des têtes couronnées d'Europe au royaume d'Angleterre.

— Oh! comme je suis heureuse que ma chère grand-tante ait pensé à Tilda! s'écria la princesse, lorsqu'elle reçut la lettre qui l'informait du projet de la reine de donner pour mari à Tilda le prince Maximilien d'Obernie.

— Que voulez-vous dire? demanda le duc à son épouse.

— Je croyais que la reine avait complètement oublié l'existence de Tilda, répondit-elle. La dernière fois que nous étions à Osborne, elle n'a même pas mentionné son nom, et

11

tout d'un coup, voici que cette nouvelle nous tombe du ciel.

— C'est un grand moment pour nous, ma chère, répondit le duc.

La princesse poussa un profond soupir.

— J'espère seulement que Tilda le prendra ainsi.

Quand on lui annonça la nouvelle, Tilda fut surprise mais ne protesta pas, comme sa mère le craignait.

On ne pouvait jamais prévoir ses réactions. Ce dont la princesse ne se rendait pas compte, c'était que sa fille commençait à trouver fort ennuyeux le duché de Forthampton (Worcestershire) — duquel elle était prisonnière depuis des années. Pourtant elle y avait de nombreuses occupations, des gouvernantes, des passe-temps et des jeux qui l'intéressaient. Elle aimait se promener à cheval et, bien qu'elle ne fût pas autorisée à chasser, son père lui avait fait don de deux chevaux excellents, bien plus vifs que ceux que l'on donne d'habitude à une jeune fille de son âge.

A cause de l'arthrite dont souffrait le duc, Tilda ne pouvait espérer que celui-ci l'accompagnerait à Londres pour l'ouverture de la saison où elle aurait dû faire ses débuts.

Il est vrai qu'on l'avait conduite dans la capitale, quelque temps auparavant, afin qu'elle fît à Buckingham une visite de courtoisie à la reine.

Cette dernière avait ouvert la cérémonie et

à la fin de la première heure, elle s'était retirée, laissant ce qu'elle considérait comme une corvée à son fils le prince de Galles et à sa ravissante épouse danoise, Alexandra.

Tilda s'était trouvée en présence des personnes les plus titrées du royaume, mais à la longue, la cérémonie lui avait semblé pompeuse et lassante.

Le majordome qui les conduisait à travers les pièces du château s'arrêta, car ils avaient atteint les grands appartements. Elles pénétrèrent enfin dans un salon où la reine se tenait assise dans un fauteuil, vêtue d'une robe de satin noir, et chaussée de bottines de vernis noir. Elle apparut à Tilda comme une vieille dame à l'aspect fort austère.

Il lui était difficile d'imaginer que la petite femme qui se trouvait devant elle était à la tête d'un immense empire, et qu'à peu près tous les monarques d'Europe étaient ses parents ou ses alliés. La princesse Priscilla avait dit à Tilda que les quatre pièces dans lesquelles la reine vivait, contenaient deux cent cinquante portraits et d'innombrables photographies de membres de sa famille.

Il était malaisé dans la pénombre de la pièce de remarquer les détails de la décoration et Tilda était surtout préoccupée par les nombreuses recommandations que sa mère lui avait faites.

La princesse faisait déjà une grande révérence à la reine, puis se relevait pour lui baiser la main, et enfin la joue.

— Ainsi, voici Victoria !

La voix résonnait, étrangement aiguë. Le regard perçant de la reine suivait les gestes de Tilda, alors que celle-ci, selon les instructions, baisait la main et posait ses lèvres sur la joue blanche et flasque de la souveraine.

— En effet, c'est Victoria, Madame, dit la princesse Priscilla, vivement émue.

— J'ai une chose importante à vous dire, Victoria.

— J'écoute, Votre Majesté.

Tilda eut l'impression que la reine allait lui adresser quelque réprimande ou lui dire quelque chose de très désagréable. Mais elle continua :

— Je pense que votre mère a dû vous dire que vous allez épouser le prince Maximilien d'Obernie ?

— Oui, Votre Majesté.

— C'est un événement important pour plusieurs raisons.

— Oui, Votre Majesté.

— La première parce que je considère que le prince Maximilien est digne d'une épouse anglaise qui, de plus, est de ma famille.

— Je suis sûre qu'il estime que c'est là un grand honneur, intervint la princesse Priscilla.

La reine ne quittait pas des yeux le visage de Tilda.

— La deuxième raison, continua-t-elle, comme si elle n'avait pas entendu la réflexion de la princesse, c'est que l'Obernie est un élément clé de la politique européenne de l'Angleterre.

Tilda leva des yeux étonnés sur la reine.

« Cela est fort intéressant », pensa-t-elle.

— Vous devez comprendre, continua la reine, que dans la mesure où l'Obernie a des frontières communes avec la Bavière, l'Autriche et le Wurtemberg, il est d'une importance capitale pour l'équilibre européen que ce pays demeure indépendant.

La reine s'arrêta un instant, mais sans paraître attendre de réponse de la part de ses interlocutrices.

Elle reprit :

— La Prusse, en mettant sur le trône l'empereur Guillaume et en annexant plusieurs petits États, a créé une situation qui ne cesse de nous inquiéter.

Le ton de la reine devenait plus dur, et il n'y avait aucun doute sur le fait qu'elle désapprouvât cet état de choses. En effet, tout le monde savait que ce n'était pas seulement la transformation de l'ancienne Fédération en un empire qui inquiétait la reine, mais plutôt le comportement de son petit-fils, le prince Guillaume de Prusse.

Toute la famille savait que Guillaume, poussé par Bismarck et par ses grands-parents, était devenu un personnage extrêmement orgueilleux et arrogant. La reine n'ignorait pas qu'il écoutait même avec complaisance les propos insultants que l'on rapportait sur sa propre mère, la fille aînée de la reine, Vicky.

— Pourquoi la Bavière a-t-elle souscrit la première aux propositions de Bismarck, je ne le saurai jamais, dit la reine, comme si elle réfléchissait à haute voix.

— J'ai toujours entendu dire, Madame, dit la princesse Priscilla, que c'était à cause d'une rage de dents du roi Louis. On avait suggéré qu'un roi de Prusse et un roi de Bavière régnassent en alternance ou conjointement, mais le roi de Bavière, au lieu de défendre sa position, laissa la place à la Prusse à cause d'une rage de dents.

— Je sais en quelles circonstances cette regrettable décision fut prise, dit la reine avec amertume.

Les joues de la princesse s'empourprèrent.

— Quoi qu'il en soit, depuis huit ans, continua la reine, la Bavière fait partie de la Fédération germanique, bien que le roi Louis jouisse, à l'intérieur de celle-ci, d'autorisations particulières. (Elle s'arrêta pour lancer sur un ton emphatique :) Il est absolument évident que l'Obernie doit à tout prix demeurer indépendante ! Comprenez-vous cela, Victoria ?

— Oui, Votre Majesté.

— De façon indirecte, vous aurez à jouer le rôle d'un ambassadeur du Royaume-Uni. Vous devrez amener votre mari à coopérer avec nous plutôt qu'avec l'Allemagne, et lui montrer qu'il n'y trouvera que des avantages.

(La reine parlait d'un ton ferme et, regardant sa filleule, elle dit tout à coup :) Vous me semblez bien jeune !

En effet, Tilda paraissait encore une enfant. Petite et menue, avec des cheveux d'or, des yeux de porcelaine bleue qui paraissaient immenses au milieu de son visage délicat, elle semblait très vulnérable, bien trop jeune pour faire une épouse.

— Victoria a dix-huit ans, Madame, dit la princesse Priscilla.

— C'est l'âge auquel je suis montée sur le trône ; moi aussi je paraissais bien jeune.

— Avez-vous eu peur quand on vous a annoncé que vous alliez être reine ? demanda Tilda.

La princesse Priscilla sentit sa gorge se serrer. C'était exactement le genre de question qu'elle avait interdit à sa fille de poser, car cela pouvait irriter la reine. A sa grande surprise, celle-ci répondit :

— J'ai eu très peur lorsque ma mère est venue me réveiller à 6 heures du matin pour m'annoncer que l'archevêque de Canterbury et lord Conyngham voulaient me voir.

— Cela a dû être pour vous une grande surprise, murmura Tilda.

Ses yeux fixaient la reine avec un grand intérêt.

— J'ai mis un certain temps à me réveiller, continua-t-elle, et puis je me suis rendue dans mon salon en robe de chambre. Lord Conyngham, le grand chambellan, m'annonça alors que mon oncle, le roi, venait de mourir et que par conséquent, je devais lui succéder sur le trône et devenir reine d'Angleterre.

Tilda retint son souffle.

— Quel choc a dû ressentir Votre Majesté !

— En effet ! dit la reine. Mais j'étais décidée à assumer le fardeau du pouvoir. (Comme si elle se rendait compte tout à coup qu'elle allait trop loin dans ses confidences, elle ajouta vivement :) Et c'est ainsi que vous devrez être, Victoria ! Volontaire et consciencieuse. N'oubliez pas, quelles que soient les circonstances, que c'est du sang anglais, mon sang, qui coule dans vos veines.

— Je ne l'oublierai pas, Votre Majesté.

La conversation s'acheva, et la princesse et sa fille prirent congé. Elles partagèrent un léger repas avec les dames de compagnie de la reine, après quoi on les reconduisit à la gare, où elles reprirent le train pour Londres.

-- Voilà, c'est fini ! s'exclama la princesse Priscilla.

Elle s'installa confortablement dans un coin du compartiment et poussa un long soupir de soulagement.

— Vous sembliez avoir peur de la reine, maman, dit Tilda. Je ne comprends pas pourquoi.

— Tout le monde a peur d'elle, répondit la princesse. Vous avez eu de la chance qu'elle soit aimable avec vous. Il lui arrive d'être franchement désagréable.

18

— C'est ainsi qu'une reine doit être, dit Tilda. (Puis elle rit et ajouta :) Je ne pense pas que je puisse inspirer de la crainte à mes futurs sujets !

— Vous ne serez pas reine, Tilda, mais seulement princesse régnante, corrigea sa mère. Cependant, je n'ai jamais compris pourquoi, avec tant de rois et de grands-ducs en Europe, l'Obernie n'avait jamais eu de roi.

— Je suppose que le pays est trop petit pour cela, hasarda Tilda.

— Vous semblez bien méprisante pour le pays qui sera bientôt le vôtre.

— Mais c'est un très petit pays, maman.

— Oui... peut-être, mais de grande importance, comme vous l'a dit la reine.

— Papa avait dit à peu près la même chose, repartit Tilda. Ce que je voulais demander à la reine, c'est pourquoi, parmi toutes ses photographies de têtes couronnées, elle ne possédait pas celle du prince Maximilien.

— Je vous ai déjà dit, Tilda, qu'il n'existe de lui aucune photographie, car il n'aime pas être photographié.

— Pourquoi ?

— Je suppose qu'il a pour cela d'excellentes raisons, par exemple pour ne pas que son portrait puisse être vu par tout le monde !

— Mais vous ne connaissez pas la véritable raison, insista Tilda.

— Je suis sûre que lorsque vous le rencontrerez, il vous la donnera lui-même.

Le ton de la princesse laissait entendre qu'elle avait là-dessus sa propre idée, mais qu'elle ne voulait pas la dévoiler.

— Je voudrais au moins savoir à quoi il ressemble, murmura Tilda.

— Je ne l'ai pas vu depuis qu'il était enfant, dit vivement la princesse. À ce moment-là, il était très beau, et selon ce que j'ai entendu dire, il est considéré comme très séduisant.

« S'il l'est vraiment, pensa Tilda, pourquoi refuse-t-il que son portrait soit vu par tous ? »

Il y eut un silence pendant lequel on n'entendit que le bruit régulier et rythmé des roues sur les rails.

Tilda demanda :

— Est-ce que le prince possède une de mes photographies ?

— Lorsque les pourparlers furent engagés pour votre mariage, votre père demanda s'il devait y avoir échange de portraits. Mais quand il apprit que le prince n'avait jamais été photographié, ni qu'aucun portrait n'avait jamais été fait de lui, il pensa qu'il était délicat d'envoyer une photographie de vous.

— Donc, comme moi, le prince risque de faire une mauvaise affaire ! remarqua Tilda.

Sa mère se redressa vivement.

— Vraiment Tilda, c'est là une expression d'une vulgarité intolérable ! Je me demande où vous avez pu l'entendre.

— Nous sommes tous les deux dans la même situation, maman, n'est-ce pas?

— Je ne tiens pas à poursuivre cette discussion. Si vous voulez absolument parler de votre mariage, nous pouvons examiner ensemble la liste de votre trousseau, qui n'est pas encore tout à fait complet.

— Je n'en ai aucune envie, répondit Tilda. J'ai tellement de toilettes qu'elles dureront des années et des années. (Elle poussa un soupir.) Pouvez-vous imaginer quelque chose d'aussi désespérant, maman? Dans dix ans, j'en serai encore à porter des robes démodées!

La princesse pinça les lèvres.

— Je ne crois pas qu'une pareille chose vous soit déjà arrivée, Tilda. Vous devenez très insolente. J'espère que votre père ne vous entendra jamais parler ainsi, cela lui déplairait beaucoup.

— Dites-moi, maman, vous est-il arrivé, lorsque vous étiez jeune, d'avoir envie de faire le contraire de ce qu'on attendait de vous?

Sa mère ne répondit pas et elle continua :

— Avez-vous eu, par exemple, envie de vous enfuir lorsqu'on vous a dit que vous épousiez papa? N'avez-vous jamais senti le besoin de cesser d'être vous-même pour devenir quelqu'un de tout à fait différent, de tout à fait autre?

— Non, Tilda, répondit fermement la princesse. J'étais très flattée et très heureuse

21

d'épouser votre père ! Contrairement à vous, j'avais cinq sœurs, et mes parents étaient très désireux de trouver pour chacune un mari convenable. (Sa voix se fit plus douce, et elle continua :) J'ai dû attendre l'âge de vingt-cinq ans pour obtenir la permission de faire un mariage qui n'impliquât pas le port de la couronne. Maintenant, je m'estime très heureuse d'avoir épousé un homme aussi exquis que votre père.

— Pas le moindre désir de rébellion, maman ? insista Tilda.

— Pas le moindre ! dit fermement la princesse, et vous allez me promettre d'abandonner définitivement ces idées outrageantes et fantasques.

Tilda ne répondit pas et la princesse continua :

— Vous ne semblez pas vous rendre compte de la chance que vous avez d'épouser, si jeune, une tête couronnée.

— Pensez-vous que le prince Maximilien voudra de moi ? demanda Tilda.

— C'est l'ambition de tous les petits États d'Europe d'avoir pour princesse régnante une parente de notre reine. L'Angleterre est un pays puissant, comme vous le savez ! Chaque pays recherche notre collaboration, notre amitié et, si nécessaire, notre aide financière.

— Même l'Allemagne ? demanda Tilda.

— Même l'Allemagne, répondit la princesse sur un ton un peu moins ferme.

— Le prince Bismarck doit être un homme

exceptionnel, continua Tilda. Il a constitué la Fédération germanique et à l'heure qu'il est, Hanovre, Hesse-Kassel, la Bavière et le Brunswick ne sont plus indépendants.

— Je suis heureuse de constater que vous savez tant de choses! remarqua la princesse.

— C'est ce que mon précepteur m'a appris. Vous lui avez demandé de me parler d'histoire européenne, et c'est ce qu'il a fait. J'en ai été gavée comme une oie.

— J'estime beaucoup le Pr Schiller et j'entends qu'il vous accompagne en Obernie.

— Oh non maman! Je ne veux pas passer tout mon voyage à écouter ses leçons.

— Ce sera excellent pour vous, Tilda, et votre père a demandé à la douairière lady Crewkerne de vous accompagner aussi, en tant que dame de compagnie, jusqu'à ce que vous atteigniez l'Obernie.

— Oh non! pas lady Crewkerne! s'écria Tilda. Elle est vieille, ennuyeuse et médisante. Je ne l'ai jamais entendue dire un mot agréable à qui que ce soit.

— Mais elle a beaucoup voyagé, Tilda. Son mari a été notre ambassadeur à Vienne. Elle connaît parfaitement les usages.

— Lady Crewkerne et le Pr Schiller! Le voyage promet d'être gai! Même s'il est repoussant de laideur, je serai ravie, à mon arrivée, de sauter au cou du prince Maximilien.

— J'espère que vous le ferez et que vous serez très heureuse, Tilda. Je voudrais vous accompagner moi-même, mais vous savez, hélas, que je ne peux quitter votre père.

— Non, bien sûr, répondit Tilda, mais combien je vous préférerais aux deux compagnons de voyage que vous m'avez choisis.

— Il est très important que vous arriviez là-bas avec un entourage respectable et respecté, mais vous n'ignorez pas qu'un voyage tel que celui que vous allez faire engage des frais considérables. (Elle soupira profondément.) Nous ne pouvons nous permettre pour le moment de vous faire accompagner par plus de gens qu'il n'est nécessaire. Ainsi, deux voitures avec six chevaux chacune, représentent déjà une grande dépense.

Bien qu'il fût très riche, le duc était connu pour la modestie de ses dépenses quand il s'agissait d'autre chose que de ses domaines. La princesse avait déjà eu beaucoup de mal à obtenir une somme suffisante pour l'achat du trousseau de Tilda.

— Deux voitures, maman ? répéta Tilda.

— Il y aura une voiture pour les deux servantes et vos bagages. En plus de votre trousseau, vous devrez emporter tous les cadeaux de mariage que vous recevrez. (La princesse se mit à compter sur ses doigts et continua :) Deux voitures, chacune avec deux cochers et deux valets de pied. Cela fait huit serviteurs. Il vous faudra également quatre hommes d'escorte, car même à notre époque, les voyageurs doivent craindre les bandits, qui pourraient les dépouiller des biens qu'ils transportent.

— Comme cela est amusant! dit Tilda avec un éclair d'excitation dans les yeux.

— C'est là j'espère un plaisir que vous n'aurez pas l'occasion de goûter, répondit sa mère; les hommes qui vous accompagneront savent manier le pistolet et feront en sorte que vous atteigniez le terme de votre voyage saine et sauve.

— La route sera très longue, soupira Tilda.

— En effet, mais vous ferez plusieurs étapes au cours desquelles vous rendrez visite à un certain nombre de parents, cela à partir de la Hollande où vous débarquerez. Après une visite au roi Louis de Bavière, vous franchirez la frontière pour l'Obernie.

— Le roi Louis est la personne que j'ai le plus ardemment souhaité rencontrer. Il est tellement fascinant!

La princesse pinça les lèvres, signe auquel Tilda reconnut qu'elle ne partageait pas son enthousiasme pour Louis II.

Tilda avait pour ce roi une grande admiration. Sa passion pour la musique, et le théâtre qu'il avait fait construire pour Wagner, le plaçaient haut dans son estime.

Les portraits qu'elle avait vus, où il apparaissait pâle et fort beau, donnaient de lui une image éthérée, comme s'il appartenait à un autre monde. Pouvoir séjourner dans un de ses châteaux, dont elle avait tant entendu parler, était pour Tilda un événement bien plus important que de découvrir sa future résidence et son futur époux.

— J'espère, Tilda, que votre conduite sera irréprochable ! s'exclama la princesse. Vous avez entendu ce qu'a dit la reine. Vous serez en quelque sorte l'ambassadeur de la Grande-Bretagne dans ce pays et par un comportement digne et noble, vous répondrez à ce que tout le monde attend de vous.

Alors la princesse considéra sa fille et pensa qu'elle était plus en âge de retourner en classe ou de participer à un pique-nique au bord de la rivière, que d'épouser le prince Maximilien d'Obernie.

Tilda semblait une adorable enfant, dont la fragilité rappelait celle des poupées de porcelaine ou des fleurs des champs, mais en aucune façon, elle ne paraissait mûre pour les intrigues politiques de l'Angleterre.

Soudain la princesse Priscilla sentit un tendre sentiment maternel l'envahir.

— Oh Tilda ! dit-elle avec une nuance d'émotion dans la voix, je veux que vous soyez vraiment heureuse.

Tilda sourit et la rassura :

— Ne vous inquiétez pas, maman, je suis sûre que tout ira mieux que vous ne pensez.

2

— Magnifique ! C'est vraiment le palais d'un roi ! s'écria Tilda en voyant Linderhof.

Elle allait de surprise en émerveillement au fur et à mesure qu'elle découvrait l'extraordinaire château que le roi Louis II avait fait bâtir dans la verte vallée de Graswang.

— L'endroit doit son nom à un tilleul, qui y était planté, expliqua l'aide de camp du roi. A l'origine, à cet emplacement, il n'y avait qu'un très modeste rendez-vous de chasse.

— C'est fabuleux ! s'exclama Tilda.

— Les travaux ont été achevés cette année seulement, continua l'aide de camp. Sa Majesté, s'inspirant de Versailles et des Trianons, a voulu bâtir quelque chose d'unique, qui serait comme un joyau au milieu de ces montagnes.

— J'ai entendu dire, intervint le Pr Schiller, que Sa Majesté dans une lettre au baronnet von Leonrod a écrit : « Il est essentiel d'inventer de tels paradis, de tels sanctuaires de poésie où l'on peut oublier pour un moment le cauchemar quotidien que notre époque nous fait vivre. »

— C'est vraiment un paradis ! répéta Tilda.

Le bâtiment était de forme rectangulaire et

compacte. La façade était très blanche, lourdement ornée dans le goût baroque et, au milieu de cette verdure, offrait une vision de rêve.

A l'intérieur, l'immense lit de la chambre du roi, capitonné de velours bleu et enrichi de sculptures dorées (cupidons et angelots soutenant la couronne royale), donna à Tilda une irrésistible envie de s'y étendre.

Les délicieux petits cabinets, tantôt roses, tantôt jaunes ou bleus, qui séparaient les grandes pièces, la Grotte de Vénus et l'incroyable traîneau d'or richement sculpté dans lequel le roi allait souvent de Linderhof à Neuschwanstein, tout cela était beau à couper le souffle !

Tilda déplorait simplement que le roi ne fût pas à Linderhof pour l'accueillir. Elle savait que, par principe, il ne voulait voir personne et comme elle n'était pas un très grand personnage, elle ne fut pas trop surprise d'apprendre que Sa Majesté n'avait pas repoussé la date du séjour qu'il devait faire sur les bords du lac de Chiemsee.

Il se trouvait là-bas pour surveiller la construction d'un nouveau palais qui devait égaler Versailles en splendeur. Néanmoins, avec ou sans le roi, Linderhof était pour Tilda l'endroit le plus beau qu'elle eût jamais vu. Depuis le début de son voyage, elle avait séjourné dans plusieurs châteaux qui lui paraissaient à présent bien ternes en comparaison de celui-ci.

Jusqu'ici, à l'exception de la Hollande où les routes étaient meilleures, le voyage lui avait semblé fatigant.

De plus, les étapes avaient souvent lieu dans des auberges qui offraient peu de confort.

Des demeures qu'occupaient les membres de sa famille auxquels elle avait rendu visite, émanait un air de tristesse et d'abandon. Cela était surtout vrai dans les États où les rois et les grands-ducs avaient été absorbés par la Fédération et qui, de ce fait, avaient perdu de leur prestige. Sa mère l'avait avertie :

— Vous devez vous montrer encore plus respectueuse avec eux que vous ne l'avez été envers la reine elle-même. Ils sont très soucieux de voir observer le protocole, car ils croient ainsi réaffirmer leur importance.

Tilda avait pu vérifier que sa mère disait vrai. Il lui arriva de se tenir debout pendant des heures, parce que le roi et la reine chez lesquels elle séjournait ne permettaient pas que l'on fût assis en leur présence.

Elle ne pouvait prendre part à la conversation ou hasarder une question, sans se heurter à un mur de silence ou à des signes de franche désapprobation.

La seule personne qui s'épanouissait dans ce climat était la douairière lady Crewkerne, qui y trouvait matière à sa curiosité et le moyen d'alimenter ses bavardages incessants.

Cependant, lorsque lady Crewkerne plaisanta sur le mariage du roi Guillaume III de

Hollande et de la princesse Emma de Waldeck-Pyrmont, Tilda s'insurgea contre ses critiques.

Le roi Guillaume était de quarante et un ans plus âgé que la femme qu'il venait d'épouser. Malgré cela, le couple paraissait parfaitement heureux et, à l'occasion de son séjour dans leur château, Tilda se rendit compte qu'il se dégageait de cette demeure un bonheur qui la touchait et rendait son séjour fort agréable.

La plupart des parents qu'elle avait rencontrés au cours de ses étapes lui avaient semblé très âgés.

Seul Frederick Ier, grand-duc de Bade, était jeune et séduisant, mais il lui fut impossible d'avoir avec lui un entretien particulier.

Le protocole rendait toutes les conversations si formelles que l'on était pris d'une envie de bâiller avant même d'avoir prononcé un mot.

Linderhof lui paraissait après tout cela un séjour merveilleux.

« Trouverai-je quelque chose de semblable en Obernie ? » se demanda Tilda.

Un sentiment d'inquiétude l'envahit lorsqu'elle se souvint qu'elle devrait partager bientôt la vie d'un prince qu'elle n'avait jamais vu. D'après les conversations qu'elle avait pu surprendre autour d'elle, elle était persuadée que son futur époux avait en lui quelque chose d'inavouable.

Elle se rappelait la réponse évasive de sa

mère sur les raisons pour lesquelles il n'existait pas de photographie de lui et l'expression des visages lorsqu'elle mentionnait son nom.

C'était, pensait-elle, une expression qui semblait dire : « Ma pauvre enfant, comme je vous plains de faire un tel mariage... »

Une fois, alors qu'elle entrait dans le salon du roi George de Hanovre, elle entendit celui-ci dire sur un ton bougon :

— Comment une enfant aussi innocente peut-elle épouser Maximilien ? Cela ne devrait pas être permis.

Il s'interrompit immédiatement lorsqu'il s'aperçut de la présence de Tilda et s'éloigna en toussant, laissant sa jeune femme en tête à tête avec « l'innocente enfant ».

Tilda entendit aussi à maintes occasions :

— C'est criminel de laisser s'accomplir un tel mariage... Comment Priscilla a-t-elle pu permettre cela ?

Que lui cachaient-ils ? Qu'y avait-il d'anormal ?

Le Pr Schiller et lady Crewkerne n'avaient ni l'un ni l'autre rencontré Maximilien, aussi était-il inutile de les questionner.

D'autre part, lady Crewkerne était bien trop diplomate pour tenir des propos autres que flatteurs sur le futur époux.

Tilda se préparait donc à affronter le pire. Elle essaya de songer aux différentes anomalies dont le prince pouvait être affecté. Était-il difforme ou monstrueux ? Non, tout le monde semblait le trouver beau et séduisant.

Qu'était-ce donc ?

Comme ils avançaient dans leur voyage, Tilda regretta de ne pas avoir refusé ce mariage dès le début. Elle n'aurait sans doute pas pu d'ailleurs, tant sa famille se déclarait heureuse de l'honneur qui rejaillissait sur elle, mais elle aurait dû au moins insister pour qu'on lui envoyât une photographie. Elle aurait pu tout aussi bien faire une scène afin que les fiançailles n'aient pas lieu sans qu'au préalable le prince soit venu la voir en Angleterre.

On avait trouvé mille excuses au fait qu'il ne vînt pas : « Il ne peut quitter son pays » ou « En son absence, l'Allemagne pourrait ravir son indépendance à l'Obernie »... A ce moment-là, Tilda avait accepté tous ces arguments sans protester, mais maintenant elle était envahie de soupçons.

Quelle était la femme aujourd'hui qui épouserait un homme qu'elle n'a jamais vu ? Les autres rois et grands-ducs avaient leur profil frappé sur les pièces de monnaie, mais jusqu'ici, elle n'avait pas encore vu de monnaie d'Obernie.

Elle avait froid dans le cœur en pensant aux propos que sa mère lui avait tenus avant son départ :

— Vous ne devez pas trop attendre du mariage, Tilda. Vous faites un mariage princier, un mariage de convenances et, de ce fait, vous devez essayer de faire de votre mari, un ami. Vous devez être loyale envers lui, comme il doit l'être envers vous, mais vous ne devez pas attendre plus.

Cela avait semblé à Tilda une singulière façon de définir les liens du mariage, mais elle s'était dit avec optimisme que le temps sans doute arrangerait les choses.

Elle pensait que lorsqu'elle rencontrerait le prince, un amour indissoluble naîtrait en eux.

Jusqu'ici, elle avait rencontré très peu d'hommes : des amis qui venaient voir son père dans la maison du Worcestershire et qui lui adressaient des regards admiratifs.

« Le prince lui aussi m'admirera ! se disait-elle, et s'il est séduisant, je l'admirerai à mon tour, et alors... »

Le soir, quand elle se couchait, elle imaginait qu'en Obernie tout serait amour et bonheur. Elle voyait les Oberniens comme un peuple aimable et gai et pensait que son règne serait des plus heureux. Il avait été convenu, avant qu'elle quitte l'Angleterre, qu'elle séjournerait à Linderhof deux nuits, puis passerait la frontière. Comme cette frontière était très proche, Linderhof était vraiment la fin du voyage. Ensuite, elle entrerait en Obernie et une page de sa vie serait tournée.

— Le roi Louis, bien entendu, connaît le prince Maximilien, avait dit la princesse Priscilla, et il vous dira tout ce que vous voulez savoir avant de pénétrer dans votre futur pays.

Mais le roi Louis, insaisissable et secret,

n'était pas là, et Tilda pensa tristement qu'elle ne saurait rien de plus sur le prince.

Au soir de leur arrivée à Linderhof, Tilda et ses compagnons avaient eu peu de temps pour tout voir, mais le jour suivant, l'aide de camp les avait emmenés pour une longue promenade dans les jardins. Tout était réuni sur une surface si petite, qu'en peu de temps, ils eurent fait le tour de la propriété. Mais Tilda, charmée par le goût exquis et le souci du détail que le roi avait montrés dans la construction du palais de ses rêves, alla seule, un peu plus tard, errer dans les couloirs déserts. Elle s'arrêta devant les broderies des rideaux, la collection de Sèvres, et enfin pénétra dans un petit cabinet rose de forme ovale.

Sur les murs, étaient disposés les portraits des ancêtres du roi. Partout, on voyait de la porcelaine rose, finement ouvragée, comme seuls les artistes bavarois savaient le faire.

L'œil ne pouvait que s'émerveiller de tant de beauté et de perfection réunies en un même lieu.

Elle retourna vers le salon d'un pas si léger qu'il lui sembla qu'elle marchait sur les nuages.

Au salon, la consternation était à son comble !

— Je n'arrive pas à comprendre ! disait lady Crewkerne. Êtes-vous sûr que Son Altesse Royale sait que nous sommes ici et que nous attendons ?

— Qu'est-il arrivé ? demanda Tilda.

Il y eut un silence gêné puis le Pr Schiller dit de son ton le plus pondéré :

— Lady Victoria, les préparatifs pour votre réception en Obernie ne sont pas encore achevés.

— Serions-nous arrivés plus tôt que prévu ?

— Non ! C'est bien la date que votre père avait fixée pour notre arrivée à Linderhof et celle à laquelle le prince Maximilien devait être averti que nous attendions ici.

Ils semblaient tous si navrés que Tilda ne put s'empêcher de sourire.

— Mais je suis prête, dit-elle, à attendre aussi longtemps qu'il le faudra dans un endroit aussi délicieux !

Lady Crewkerne et le Pr Schiller tournèrent les yeux vers l'aide de camp. Ce dernier n'était pas très jeune et, dès son arrivée, Tilda l'avait trouvé particulièrement anxieux et préoccupé. Il semblait plus inquiet que jamais.

— Je dois vous avouer, lady Victoria, dit-il d'une voix mal assurée, que cette attitude envers un hôte est des plus déplacées...

— Que voulez-vous dire ? demanda Tilda.

— Vous ne pouvez pas demeurer ici plus longtemps, Milady.

Tilda écarquilla les yeux de surprise, et avant qu'elle ait pu articuler un mot, lady Crewkerne intervint :

— En êtes-vous certain ? Ne serait-il pas

35

possible d'en demander la permission à Sa Majesté ?

— Comme je l'ai déjà expliqué, répondit-il, Sa Majesté ne saurait tolérer que l'on change quelque chose au programme prévu. Il vous hébergeait pour deux nuits et était persuadé que vous partiriez demain. Je regrette profondément de devoir vous le répéter, mais vous ne pouvez rester plus longtemps.

— Alors, où pouvons-nous aller ? demanda Tilda. Bien sûr, je ne peux pénétrer en Obernie avant que tout soit prêt pour me recevoir.

— Je peux me permettre de vous suggérer, dit l'aide de camp, de retourner en Wurtemberg.

— Mais, c'est impossible ! répondit Tilda. Le roi Karl nous a gentiment accueillis durant trois nuits, et je sais qu'il est parti pour l'Alsace tout de suite après notre départ. Nous ne pouvons pas nous installer chez lui en son absence.

— Non, bien sûr ! renchérit la douairière, qui n'avait pas gardé un bon souvenir de son passage en Wurtemberg et, de ce fait, ne tenait pas à y retourner.

— Alors, la seule solution est que vous alliez à Munich.

— Dans le palais de Sa Majesté ? demanda lady Crewkerne.

— J'ai bien peur que cela aussi soit impossible, répondit l'aide de camp, d'un air très embarrassé.

Tilda se rappela alors tout ce que l'on disait

sur l'étrange comportement du roi. Elle savait que plusieurs membres de sa famille n'approuvaient pas sa conduite.

Le roi George de Hanovre disait de lui : « Ce personnage est fou ! C'est là le véritable problème, je l'ai toujours dit. »

— Ne seriez-vous pas en train de nous suggérer de descendre dans un hôtel ? demanda lady Crewkerne.

— J'en connais un excellent, répliqua l'aide de camp.

— C'est exact, confirma le Pr Schiller. Je me souviens qu'il y a à Munich un très bon hôtel, très convenable, et qui accueille d'éminents personnages.

— Le duc de Forthampton, intervint lady Crewkerne, a organisé le voyage de sa fille de telle sorte qu'elle ne soit pas obligée de passer une seule nuit à l'hôtel.

— C'est pourtant là que nous devrons séjourner ! dit Tilda avec bon sens, à moins que nous ne préférions dormir dans la montagne.

Elle souriait tout en parlant et songeait à l'aventure qui semblait s'esquisser. Elle était au fond d'elle-même ravie de vivre cette récréation avant d'affronter la cour d'Obernie et ses pompes.

La douairière lady Crewkerne montait sur ses grands chevaux :

— Décidément, je ne comprends plus rien à l'époque que nous vivons ! dit-elle d'un ton glacé. Qu'une descendante de Notre

Gracieuse Majesté doive payer pour trouver un toit, cela me paraît inadmissible.

Elle quitta la pièce d'un pas énergique. Tilda sourit à l'aide de camp :

— Ne vous inquiétez pas, lui dit-elle. Il y a si longtemps que je voulais voir Munich, le professeur m'en a tant parlé !

C'était en effet un des sujets de conversation favoris du Pr Schiller. Il avait été étudiant à l'université de Munich et y était retourné quelques années plus tard pour y enseigner.

Lorsqu'il en parlait, c'était avec une chaleur et un enthousiasme qui étaient malheureusement absents de ses cours, quand il abordait d'autres domaines tels que les langues et l'histoire.

— J'espère que vous comprendrez, Milady, dit l'aide de camp, que je dois suivre de façon stricte les instructions de Sa Majesté.

— Bien entendu, je comprends cela, répondit Tilda. De plus, notre voyage s'est déroulé jusqu'ici avec une perfection trop rigoureuse. Je ne suis pas fâchée de cet incident qui survient au dernier moment.

— Vous êtes très aimable, Milady.

— Maintenant, professeur, dit Tilda, je vais enfin savoir si tout ce que vous m'avez dit sur Munich est vrai ! Si c'est vraiment la belle et étourdissante cité que vous m'avez décrite !

— Vous verrez ! Vous verrez ! répondit le professeur.

Tilda savait que le professeur était aussi ravi qu'elle l'était de ce séjour inattendu à Munich. Cela lui rappellerait sa jeunesse.

La douairière lady Crewkerne demeura sombre et désagréable tout le reste de la soirée. Tilda n'y prêta pas attention, mais essaya plutôt de s'imprégner pour quelques heures encore du charme et de la poésie de Linderhof.

« Un jour, je bâtirai peut-être un château comme celui-ci », pensa-t-elle.

Au cours de cette soirée, alors que la lumière des candélabres se reflétait à l'infini dans les miroirs d'argent, elle se sentit comme emportée dans un rêve, et il lui sembla que tout ce qu'elle avait souhaité était en train de se réaliser. Le lendemain matin, Tilda se leva tôt. Bien avant que lady Crewkerne fût habillée ou le professeur levé, elle descendit doucement l'escalier.

Elle parcourut les salles du conseil et fut tellement émerveillée par tout ce qui s'offrait à son regard qu'elle fut en retard pour le petit déjeuner et dut se confondre en excuses. Comme les voitures ne devaient pas être prêtes avant 11 heures, Tilda, plutôt que d'écouter les doléances de lady Crewkerne, descendit se promener dans les jardins.

Il faisait assez chaud pour cette fin du mois de mai et le soleil sur les arbres en fleurs qui entouraient le Linderhof ajoutait à la féerie des lieux.

Le château scintillait comme un diamant

au pied des montagnes bavaroises encore coiffées de neige.

Elle gravit quelques marches et contourna le palais. Elle grimpa un peu la pente de la colline de façon à pouvoir admirer l'ensemble avec quelque recul. Le roi avait fait dessiner de magnifiques jardins mais avait laissé les bois dans leur état naturel.

Elle monta plus haut encore, devinant qu'elle aurait, du sommet de la colline, une vue magnifique.

Comme elle était un peu fatiguée, elle s'assit un moment sur un tronc d'arbre et se laissa imprégner par les charmes de la forêt. Soudain, elle entendit des voix qui semblaient venir d'un peu plus bas et, regardant dans cette direction, elle vit, à travers les arbres, un homme et une femme qui grimpaient en se tenant par la main.

— C'est trop haut et trop fatigant, protestait la femme.

Elle s'exprimait en allemand, mais Tilda comprenait parfaitement.

— Je veux que vous admiriez le paysage, répondit l'homme d'une voix grave.

Tilda pouvait maintenant l'apercevoir à travers les arbres et elle remarqua qu'il était très beau. Son visage était d'une extrême finesse et, le comparant aux autres hommes rencontrés en Bavière, elle le trouva d'un charme exceptionnel.

Il portait le costume régional, et cela lui allait fort bien. Les culottes de cuir et la veste verte avec des boutons de corne et, comme coiffure, un petit chapeau vert avec un blaireau sur le côté, le tout charmant.

« Oui, se dit Tilda, il est vraiment plus que séduisant, il est beau ! »

Puis elle regarda sa compagne. Elle était très jolie. Elle avait des cheveux roux, mais d'une couleur très vive, qui semblait artificielle.

Ses yeux étaient larges et ses cils bruns, ses lèvres d'un rouge très soutenu.

— C'est inutile, Rudolf, disait-elle. Je ne peux pas aller plus loin.

— Mais il le faut, nous sommes si près du but, maintenant.

— C'est sans doute plus loin que tu ne l'imagines.

— Oh ! Mitzi, sois un peu plus enthousiaste, dit Rudolf. D'autre part, cet exercice ne peut te faire que le plus grand bien.

— Je suis fatiguée. Je n'ai pas l'intention d'aller plus loin pour admirer un entassement de vieilles montagnes.

— Tu n'as aucune sensibilité. C'est ce qui me navre chez toi.

— Mais un grand cœur ! répondit-elle.

— C'est vrai !

Ils se tenaient maintenant l'un en face de l'autre et Rudolf la prit dans ses bras.

— Tu es très belle ce matin ! Aurais-je oublié de te le dire ?

— Tu me l'as déjà dit, et je trouve que tu te répètes !

Il l'attira contre lui et soudain l'embrassa avec passion. Tilda les regardait avec étonnement. Elle n'avait jamais vu un homme et une femme s'embrasser de cette façon.

Rudolf était grand et bien bâti, et dans ses bras, Mitzi paraissait petite et frêle. Il semblait l'étouffer tant il la serrait fort.

Cependant, c'était un spectacle touchant de les voir ainsi, si passionnément enlacés. Enfin Rudolf détacha ses lèvres de celles de Mitzi et releva la tête.

— Tu es attirante, Mitzi, et je voudrais que tu sois à moi.

Mitzi eut un petit rire.

— Que veux-tu que je réponde à cela ?

— Je te désire vraiment, répéta-t-il, mais ici, à l'instant. Je ne saurais attendre plus longtemps.

— Ici ? dans les bois ? Mais tu es devenu fou.

— En quoi suis-je fou ? Y a-t-il quelque chose de plus délicieusement naturel ?

Mitzi rit de nouveau, et maintenant il l'embrassait dans le cou. Enfin, elle réussit à lui échapper.

— Si tu me désires tant, lui lança-t-elle, il faudra m'attraper.

Elle s'enfuit en courant, dévalant la pente à travers les arbres.

— Mitzi ! Mitzi ! cria Rudolf, et il se lança à sa poursuite, courant toutefois avec moins de grâce et de légèreté que sa compagne.

Mais courait-il plus vite ou ralentit-elle son

allure, il la rattrapa à mi-pente, la prit de nouveau dans ses bras et l'embrassa très fort.

Tilda regardait la scène, se demandant ce qui allait arriver, lorsqu'elle entendit en contrebas une voix qui l'appelait.

— Milady, les chevaux sont prêts !

Avec regret, Tilda tourna la tête et vit le visage congestionné de l'aide de camp qui parvenait à peine à reprendre son souffle.

Elle sortit de sa cachette.

— Je suis désolée, dit-elle, mais je n'ai pas vu passer le temps.

— Nous étions si inquiets de savoir où vous étiez, dit-il. Heureusement, un des jardiniers vous a vue prendre l'escalier en direction des bois, et cela m'a permis de vous retrouver.

— Je redescends tout de suite, dit Tilda.

Elle regarda dans la direction du couple, mais il n'y avait plus aucune trace de Mitzi et de Rudolf. Cependant, l'espace d'une seconde, elle crut apercevoir la dentelle d'un jupon blanc.

Elle se dirigea vers l'aide de camp qui lui prit la main et l'aida à faire le reste du parcours.

— Les bois sont magnifiques, dit Tilda. Sont-ils ouverts au public ?

— Vous savez, nous sommes dans un lieu très isolé. Cependant, bien qu'elle ne les encourage pas, Sa Majesté admet sans déplaisir les admirateurs du lieu, à condition qu'ils n'approchent pas trop du château.

— Bien sûr, je comprends cela, dit Tilda.

Elle se demanda qui pouvaient bien être Mitzi et Rudolf. Étaient-ils un jeune couple en vacances ? Oui, sans doute, pensa-t-elle. Elle s'étonnait qu'une jeune fille fût autorisée à se promener ainsi, dans les bois, en compagnie d'un jeune homme.

Mitzi paraissait très sophistiquée. Ses lèvres étaient maquillées et ses cheveux teints, assurément.

« Hélas, je ne saurai jamais qui ils sont », se dit-elle en soupirant.

Pour Tilda, tout cela était un peu comme lire un livre jusqu'à la moitié et puis le perdre...

Dans la voiture qui la conduisait à Munich, Tilda pensait au ton étrange de Rudolf lorsqu'il avait dit à Mitzi :

— Je te désire ! je te désire !

Ces mots avaient résonné en elle, et elle avait senti un frisson la parcourir.

Elle pensait que seuls des gens du peuple, à l'inverse de l'aristocratie, pouvaient parler de manière si brutale.

Ils arrivèrent à Munich, et trouvèrent l'hôtel impressionnant et vaste, si luxueux que lady Crewkerne elle-même se déclara enchantée.

Pour Tilda, une aventure qu'elle n'avait pas espérée, commençait. Dans les rues populeuses, on rencontrait beaucoup d'hommes et de femmes qui portaient la tenue bavaroise.

Les maisons étaient hautes, et comme ils traversaient Marienplatz, le professeur leur désigna la nouvelle mairie avec ses clochetons. Le carillon « Glokenspiel » était, selon le professeur, le plus joli d'Europe et ses figurines de cuivre émaillé constituaient une des curiosités de Munich.

— Si nous avons le temps demain, lady Victoria, dit-il, je vous conduirai visiter la célèbre galerie de peinture, à la grande pinacothèque. C'est un bâtiment de style vénitien, d'époque Renaissance, qui renferme les peintures rassemblées par les Wittelbach depuis le seizième siècle.

— Je crois que cela me plaira, dit Tilda.

— Il y a aussi beaucoup d'églises que vous devez voir avant de quitter Munich.

— J'aime beaucoup les églises bavaroises, répondit-elle. J'adore leurs sculptures peintes : elles m'enchantent par leur délicatesse.

— Quel dommage que nous n'ayons pu rester au château, intervint lady Crewkerne d'un ton aigre.

— Jusqu'ici, nous n'avions vu que des palais et aucun hôtel. Ce sera nouveau pour nous, repartit Tilda.

— Espérons cependant que notre séjour ici ne sera pas trop long, dit la douairière. (Elle se retourna alors vers le professeur :) Avez-vous fait savoir à Son Altesse Royale où nous nous trouvions ?

— J'ai envoyé ce matin même un message

à la cour d'Obernie, répondit-il. Je suis certain que Son Altesse tiendra compte de la situation dans laquelle nous sommes.

— Gardons cet espoir ! dit-elle sur un ton qui laissait supposer qu'elle s'estimait insultée par ce contretemps, peut-être voulu par le prince.

« Ma nouvelle vie s'annonce sous de bien mauvais auspices », pensa Tilda.

En fait, cela ne l'affectait pas vraiment et elle ne songeait qu'à profiter de son séjour à Munich.

Le professeur ne tarissait pas de commentaires sur la ville. Il parlait de tout comme s'il s'agissait d'un paradis pour la jeunesse intellectuelle. Bien entendu, il avait aussi décrit les tavernes.

Il revenait volontiers à ses souvenirs de jeunesse et disait combien il avait été assidu à fréquenter ces lieux : on s'y amusait beaucoup, on y dansait, on y chantait aussi.

Quelquefois, les artistes de l'Opéra venaient y chanter toute une soirée.

Tilda écoutait avec intérêt et songeait tristement qu'elle ne pourrait passer une soirée dans l'une de ces tavernes qu'une fois mariée, et encore à condition que la soirée soit organisée en l'honneur du couple royal.

Pourtant, l'idée de s'y rendre en compagnie du professeur cheminait dans sa tête.

« Supposons, se disait-elle, que je parvienne à le persuader de m'y accompagner. »

Ils dînèrent dans la grande salle à manger

de l'hôtel, triste et solennelle. Le repas terminé, lady Crewkerne se leva la première :

— J'ai la migraine, annonça-t-elle, et j'ai l'intention de me retirer dans ma chambre immédiatement. Je suggère, lady Victoria, que vous fassiez de même.

— Bien sûr, répondit Tilda. Puis-je seulement terminer mon café ?

— Certainement, dit la douairière. A propos, ajouta-t-elle, j'ai oublié de vous dire que votre femme de chambre est très enrhumée. Comme je tiens à ce que vous arriviez en Obernie en parfaite santé, je l'ai remplacée par une femme de chambre de l'hôtel qui vous aidera à vous déshabiller.

— Il me semblait, en effet, qu'Annah n'était pas bien, dit Tilda. Elle ne supporte pas la voiture, cela la rend malade; d'ailleurs ses migraines se succèdent depuis que nous avons quitté l'Angleterre.

— La migraine est une chose, le rhume en est une autre ! dit doctement lady Crewkerne. J'espère qu'elle ira mieux demain, mais il vaut mieux que vous ne l'approchiez pas pour le moment. (Elle s'interrompit un instant, puis ajouta :) Bonne nuit, professeur.

— Bonne nuit, Milady.

Tilda se leva, puis se rassit lorsque lady Crewkerne eut quitté la pièce.

— Puis-je avoir une autre tasse de café ? demanda-t-elle.

— Cela ne va-t-il pas vous empêcher de dormir ? s'enquit le professeur.

47

— Rien ne m'empêche de dormir, répondit Tilda. De plus, ce café est délicieux!

— Ah! le café bavarois, quel délice en effet! renchérit-il avec enthousiasme.

— Sert-on du café comme celui-ci dans les tavernes?

— Bien entendu! Mais on sert aussi et surtout de grands verres remplis de la pétillante bière bavaroise. Cela vaut tous les champagnes, lady Victoria.

— Je voudrais y goûter! lança Tilda.

— La taverne Hofbrauhaus, continua le professeur, dont la fondation remonte à 1589, possède une salle immense où des barils entiers sont vidés tous les jours. A l'occasion de fêtes ou à l'intention de grands personnages, il arrive même que l'on brasse spécialement certaines bières.

Tilda était au comble de l'excitation.

— Écoutez, professeur, dit-elle, pourquoi n'irions-nous pas ce soir, vous et moi, dans l'une de ces tavernes?

— Lady Victoria, vous plaisantez!

— Non, je suis tout à fait sérieuse. Vous m'avez décrit tout cela avec un tel enthousiasme, que vous m'avez communiqué l'envie d'y aller.

— J'aimerais vous en montrer une, mais je crains que cela soit impossible!

— Pourquoi impossible? Lady Crewkerne est couchée et Annah ne m'attend pas; qui saurait que nous sommes sortis ensemble?

— Non, non, protesta le professeur. Cela est inconcevable.

— Cela compléterait agréablement mon éducation. Voyez-vous, professeur, je suis certaine qu'une princesse régnante ne doit rien ignorer des distractions de ses sujets. Il est difficile de les connaître sans y avoir pris part. Je veux connaître les chansons qu'ils écoutent et danser sur les airs qu'ils aiment.

— Ce sont là des aspirations tout à fait louables, Milady. J'ai toujours témoigné devant vous d'un esprit très libéral et je pense que les monarques sont le plus souvent trop éloignés des préoccupations de leurs sujets. Hélas, je ne puis plus rien décider, en ce qui vous concerne, sans l'assentiment de votre futur époux, car vous êtes désormais soumise aux lois du protocole.

— Son Altesse ne semble pas s'intéresser à moi pour le moment, et je désire tant aller dans une taverne.

— Je vous l'ai déjà dit, Milady, cela est vraiment impossible.

Tilda soupira longuement.

— Eh bien, dans ce cas, j'irai seule.

— Lady Victoria! s'exclama le professeur, choqué par cette décision.

— J'irai seule, ou je demanderai à l'un des serveurs de l'hôtel de m'y accompagner. Si l'on me demande, ensuite, pourquoi j'ai fait une pareille chose, je dirai que c'est à cause de vous.

— A cause de moi ? répéta le professeur, interdit.

— Oui, je dirai que vous avez excité mon imagination en me décrivant les tavernes, et qu'ensuite, vous avez refusé de m'y accompagner.

— Lady Victoria, vous vous moquez de moi ! Vous avez toujours inventé des fables pour me ridiculiser, mais cette fois-ci, vous allez trop loin.

— Je pense ce que je dis, professeur ! Ou bien vous m'accompagnez dans cette taverne, ou bien j'y vais seule.

Le professeur s'épongea le front : il transpirait d'émotion.

— Voyons, essayons de mettre un peu de logique dans notre discussion, supplia-t-il.

— La logique n'a rien à faire ici. Je ne plaisante pas, et je ne vais pas manquer cette merveilleuse occasion ! Quand pourrai-je revenir à Munich avec la chance de me mêler aux réjouissances populaires ? Jamais sans doute. D'autre part, cela ne blessera ou ne gênera personne et d'ailleurs personne n'en saura rien.

— Comment pouvez-vous en être sûre ? demanda le professeur.

Tilda sentit qu'il commençait à fléchir.

— J'ai tout prévu, dit-elle, écoutez-moi...

3

Tilda se regardait dans le miroir avec satisfaction. Pendant quelques minutes, elle avait complètement perdu l'espoir que la femme de chambre de l'hôtel lui trouverait la toilette qu'elle désirait.

Elle avait quitté la salle à manger, laissant le professeur désemparé. Elle serrait dans sa main les deux thalers qu'il lui avait remis.

— Il faut que vous me donniez de l'argent, professeur, lui avait-elle dit avec autorité.

— De l'argent? reprit-il sur un ton de surprise.

— Vous devinez bien qu'il m'en faut un peu pour récompenser la femme de chambre qui va me procurer la tenue dont j'ai besoin.

Le professeur ne semblait pas comprendre et elle continua :

— Je crois qu'il serait imprudent de nous rendre dans cette taverne dans nos vêtements habituels. Si nous voulons passer inaperçus, nous devons nous vêtir comme tout le monde, en costume du pays.

— Vous avez raison, lady Victoria, mais je m'épuise à vous dire que nous n'irons pas dans cette taverne.

— Professeur, reprenons donc la discussion au début. Vous étiez d'accord tout à l'heure pour m'emmener et tout ce que je demande maintenant, c'est un peu d'argent.

Avec réticence, le professeur lui tendit les deux pièces d'or. Aussitôt, Tilda monta dans sa chambre et tira la sonnette de service. On frappa à la porte, et une jeune femme de chambre apparut. Elle était jolie, avec des joues de pomme rouge, et ne semblait guère plus âgée que Tilda.

— Mademoiselle a sonné?

— Oui, j'ai sonné. Comment vous appelez-vous?

— Je m'appelle Gretel, mademoiselle.

— Bien, j'ai besoin de vous, Gretel.

— En quoi puis-je aider Mademoiselle? demanda la soubrette avec de grands yeux étonnés.

— Je vais vous confier un secret, Gretel.

La jeune fille s'approcha, curieuse de savoir ce que signifiaient tous ces mystères.

— Je vais passer la soirée dans une taverne en compagnie du Pr Schiller, expliqua Tilda. Je veux en voir une, car on m'en a beaucoup parlé.

— On s'y amuse beaucoup, mademoiselle, les gens y sont très gais!

— Alors, vous comprenez pourquoi j'ai tant envie d'y aller, mais pour cela j'ai besoin de votre aide.

— Que puis-je faire?

— Il me faut une tenue bavaroise. Pensez-vous qu'il vous serait facile de m'en trouver une?

La femme de chambre regarda Tilda d'un air dubitatif.

— Mademoiselle est très mince, dit-elle d'un ton consterné.

— Je vous en prie, faites un effort. J'ai assez d'argent pour la louer ou pour l'acheter, s'il le faut.

Tout en parlant, elle ouvrit la main et lui montra les deux pièces d'or.

— Mais cela est bien trop, mademoiselle! s'exclama Gretel.

— C'est le prix que je suis prête à payer.

La femme de chambre porta alors la main à son front :

— Attendez, laissez-moi réfléchir. Je crois connaître quelqu'un qui aurait un ensemble à votre taille. (Elle réfléchit encore un moment, puis lança tout à coup :) Ça y est! Je me souviens. Rosa m'a dit qu'elle venait d'acheter une robe pour sa plus jeune sœur qui doit être demoiselle d'honneur à un mariage, le mois prochain. Elle n'a que dix ans, mais je suis sûre que sa tenue vous ira.

— Alors, allez vite la chercher, dit Tilda.

Gretel sortit, et Tilda commença à se déshabiller. Tout en retirant sa robe, elle se demandait si le prince, son futur époux, aimerait les robes qu'elle portait, et pour lesquelles la princesse Priscilla avait dépensé autant d'argent que d'énergie. Elles venaient toutes du couturier le plus cher de Londres et, pour Tilda qui avait toujours été habillée simplement, elles représentaient des chefs-d'œuvre de haute couture.

Tout en déposant sa robe sur son lit, elle se dit en souriant que tant de luxe et de perfection aurait paru déplacé dans une taverne.

Elle retira le collier de perles qu'elle portait puis considéra le doigt de sa main gauche. Sa mère ne lui avait pas permis de porter de bijoux pendant le voyage, à l'exception de son collier et d'un petit anneau.

— Ce serait trop dangereux, disait-elle, car sans aucun doute, cela attirerait l'attention des voleurs. Le reste des bijoux de Tilda avait été placé sous la garde d'Annah, sa femme de chambre.

Celle-ci entendait ne pas s'en séparer et Tilda la soupçonnait de dormir avec eux.

Juste avant le départ, sa mère lui avait dit :

— Mettez un anneau à votre doigt, car il pourrait paraître étrange aux membres de notre famille que vous rencontrerez, que vous ne portiez pas la moindre bague.

Elle avait donc donné à Tilda un petit anneau d'or sur lequel se trouvaient deux cœurs enlacés et un minuscule diamant.

— Comme c'est joli, maman! s'était exclamée Tilda.

— C'est une fantaisie que votre père m'a offerte pendant notre lune de miel. J'ai toujours conservé cet anneau avec amour, j'y tiens beaucoup.

— Mais maman, je ne voudrais pas que vous vous en sépariez pour moi.

— Je serai heureuse de savoir que vous le portez.

C'était cet anneau qu'elle contemplait maintenant et qu'elle songeait à retirer. Mais, en réfléchissant, elle se dit que le professeur pourrait s'étonner qu'elle ne le portât plus. Elle le garda.

Gretel revint, portant sur son bras la tenue promise.

— Oh! comme c'est beau! s'exclama Tilda.

L'ensemble se composait d'un chemisier blanc orné de smocks rouges, d'un petit gilet noir fermé devant par des lacets, d'une jupe rouge recouvrant trois jupons ornés de broderie anglaise et, enfin, d'un petit tablier bordé de dentelles.

— Je suis sûre que tout cela vous ira, mademoiselle, dit Gretel. Il y a aussi une couronne de fleurs à mettre dans vos cheveux.

Gretel la montra à Tilda. Elle était faite de fleurs artificielles et de rubans qui retombaient en cascades de couleurs vives.

— Ne sera-ce pas trop apprêté? demanda Tilda.

— Non, mademoiselle. Vous verrez, dans les tavernes beaucoup de jeunes filles portent cette couronne. Elles aiment se faire belles lorsqu'elles sortent en compagnie de leur fiancé.

— Mon fiancé est un peu âgé, dit Tilda en pensant au professeur, mais je porterai quand même la couronne.

Les vêtements, faits pour une petite fille de dix ans, sans doute robuste, lui allaient assez bien. Toutefois, il fallut reprendre la taille de la jupe, ce que fit Gretel avec gentillesse.

— Vous êtes très belle dans cet ensemble, mademoiselle, dit-elle avec un sourire.

Tilda chaussa des sandales noires, se coiffa de la couronne, et put enfin se regarder dans la glace.

Ses yeux pétillaient de joie en voyant l'image que lui renvoyait le miroir. Non seulement le costume était très seyant, mais encore il la faisait paraître plus jeune et plus gaie.

— Merci, Gretel ! Merci ! s'exclama-t-elle. Je ne vous remercierai jamais assez, et je crois que la nuit qui s'annonce va être la plus joyeuse de ma vie. (Elle s'interrompit un instant, puis ajouta :) Vous garderez le secret, n'est-ce pas ? Vous ne le livrerez à personne ? Demain à l'aube, vous viendrez dans ma chambre reprendre ce costume avant que l'on vienne me réveiller.

— C'est entendu, mademoiselle, répondit Gretel, mais je pourrais aussi bien le reprendre dès que vous rentrerez puisque je suis de service à l'étage.

— Alors je vous sonnerai dès mon retour, mais je tiens à ce que ce soit vous qui répondiez.

Elle lui tendit les deux pièces d'or à remettre à Rosa pour le prêt du costume et lui en promit deux autres pour la récompenser de tant de dévouement et de gentillesse.

— Mais, c'est trop! protesta Gretel.

Avec un peu d'appréhension, Tilda sortit de sa chambre, longea le couloir puis descendit l'escalier jusqu'au premier étage. Elle avait demandé au professeur de ne pas l'attendre au rez-de-chaussée, mais sur le palier du premier étage, où ils prendraient la sortie de service.

Elle le retrouva à l'endroit convenu et, en le voyant, ne put réprimer un cri d'admiration.

Lui aussi portait le costume bavarois. Bien qu'il fût déjà âgé et eût une tendance à l'embonpoint, il portait bien les culottes de cuir et la veste de drap vert. Cette tenue, cependant, paraissait un peu étrange sur un homme qui avait l'habitude des costumes sombres et sévères.

— Je l'avais emporté dans mes bagages, confessa le professeur en rougissant un peu, au cas où je sortirais un soir avec un de mes amis bavarois.

— Tant mieux, dit Tilda. Je suis fière de mon chevalier servant. J'espère seulement qu'il est également fier de moi!

— Vous êtes ravissante dans ce costume, lady Victoria, mais c'est une folie que nous allons commettre!

— Venez, professeur, ce n'est pas le moment de fléchir. Pendant toute la soirée, je serai votre nièce Tilda et vous serez mon oncle Henri. Surtout, ne prononcez pas le nom de Victoria, car on pourrait nous démasquer.

Le professeur grogna, sans répondre vraiment. Tilda le poussa presque vers l'escalier étroit, qui les conduisit à une porte de sortie donnant derrière l'hôtel.

Ils marchèrent un moment dans la rue.

— Est-ce encore loin ? demanda Tilda.

— Pas très loin, répondit le professeur. L'Hofbrauhaus n'est qu'à quelques minutes d'ici.

La chaleur du jour tombée, un air agréablement frais régnait sur la ville. Pour Tilda, cette marche dans Munich, à cette heure tardive, était autrement plus plaisante qu'une promenade en berline avec pour vis-à-vis la figure figée de lady Crewkerne.

Le professeur accélérait nerveusement le pas. Les rues étaient bien éclairées par des lampadaires à gaz. Ils tournèrent plusieurs fois dans des rues perpendiculaires et tout à coup les lumières éblouissantes de la taverne s'offrirent à leurs yeux.

Il y avait beaucoup de monde au guichet d'entrée. Tilda et le professeur durent faire la queue. Pendant qu'ils attendaient ainsi, Tilda regardait autour d'elle.

Il y avait beaucoup d'hommes jeunes et séduisants, accompagnés de jeunes filles qui portaient le même costume qu'elle. Soudain, le portier s'inclina et ouvrit la porte à deux battants, livrant passage à un jeune couple qui semblait pouvoir se dispenser de tickets.

Tilda les regarda et ressentit un pincement au cœur.

C'était le couple qu'elle avait vu dans les bois de Linderhof. Elle les aurait reconnus entre mille. On ne pouvait pas se tromper sur le beau visage de Rudolf, et Mitzi était rayonnante.

Elle portait une longue robe verte, garnie de plumes d'autruche et un boa assorti. Sa coiffure étonnait par son originalité et dans ses cheveux bouclés, on voyait briller des paillettes d'argent.

Ses longs cils très noirs et ses lèvres pourpres achevaient de la rendre éblouissante.

— Bonsoir monsieur, bonsoir mademoiselle, dit le portier. Votre loge est réservée.

— Merci, dit Rudolf de sa voix grave que Tilda n'eut aucun mal à reconnaître.

Il donna un pourboire au portier et on les conduisit vers une entrée différente de celle des clients ordinaires.

Le professeur obtint enfin ses tickets et ils purent pénétrer dans l'immense salle. C'était beaucoup plus impressionnant encore que ce que Tilda avait imaginé.

Tout au fond, se trouvait une petite scène, sur laquelle sans doute devaient avoir lieu les attractions. Sur les côtés, on voyait de petites loges privées, où étaient installés les hôtes de marque. Tout le reste était garni de tables rondes et d'un nombre impressionnant de chaises, si rapprochées les unes des autres, qu'il était à peu près impossible de circuler.

On indiqua au professeur une table placée juste au milieu de la salle, d'où ils pourraient voir parfaitement la scène. Tilda regardait autour d'elle avec ravissement. Elle pouvait apercevoir Rudolf et Mitzi, confortablement installés dans leur loge.

— C'est extraordinaire! dit Tilda en s'adressant au professeur.

— Avez-vous faim? demanda-t-il.

— Peut-on aussi dîner ici?

— Bien sûr. Nous pouvons goûter les spécialités munichoises, si vous le voulez. Vous avez le choix entre les saucisses blanches que l'on appelle Weisswurtz, le jarret de porc appelé Schweinshaxen, et des poissons rôtis au four, particulièrement délicieux.

— Commandez ce que vous voulez! dit-elle. Il me semble que ce soir j'aimerai tout ce que l'on me présentera.

Le professeur commanda les plats au serveur vêtu d'une chemise blanche, d'un gilet de cuir et d'un long tablier, qui leur apporta pour commencer des radis et des gâteaux salés.

— Ceci est fait pour vous donner soif, dit le professeur en souriant, et pour vous inciter à commander plus de bière.

— Voilà qui ne manque pas d'astuce! dit Tilda.

Elle prit un biscuit et le trouva excellent.

A ce moment, un homme âgé, assis à une table voisine et qui était déjà là au moment de leur arrivée, se tourna vers le professeur et demanda :

— Excusez-moi, monsieur, avez-vous remarqué de l'agitation dans les rues en venant ici ?

— De l'agitation ? Quelle sorte d'agitation ?

— Nous avons entendu dire que les étudiants manifestaient. Ma femme a peur et voudrait rentrer, mais je lui ai affirmé qu'il n'y avait rien à craindre.

— Vous avez certainement raison sur ce point, dit le professeur, prenant peut-être inconsciemment la défense de ses chers étudiants.

— Quelquefois cela tourne mal ! continua l'homme. Ainsi, l'année dernière, un de nos amis a été blessé dans une émeute, et ma femme n'a pas oublié.

— Nous sommes venus jusqu'ici à pied, reprit le professeur, et nous n'avons rien remarqué.

— Chut ! Écoutez ! dit l'homme, tendant l'oreille vers la porte. Avez-vous entendu ?

— Contre quoi protestent-ils en ce moment ? demanda le professeur. Il y a toujours une raison de manifester, cela fait partie de la vie universitaire !

— Si j'ai bien compris, dit l'homme, l'origine des troubles serait la nomination d'un nouveau vice-chancelier. Je crois qu'il s'agit de Mr Dulbrecht.

— Et que lui reproche-t-on ?

— Il est obernien. Les étudiants disent

qu'ils ne veulent que des Bavarois. Je crois qu'il y a en ce moment un courant très nationaliste au sein de l'Université.

— Il y a toujours eu de bonnes raisons de protester, dit le professeur en souriant, et aussi un certain goût du chahut. Je ne pense pas que ce soit bien sérieux.

Rassuré par les propos du professeur, leur voisin se retourna vers son épouse et tenta de la rassurer à son tour.

C'était apparemment un couple venu de la campagne. Le mari semblait extrêmement contrarié de ne pas pouvoir profiter pleinement de cette soirée, prévue sans doute depuis longtemps. La salle continuait de se remplir.

Le serveur apporta les plats que Tilda et le professeur avaient commandés, au moment où un orchestre placé près de la scène commençait à jouer.

Pour le moment, Tilda ne s'intéressait qu'aux plats déposés devant elle et à la chope de bière qu'on y avait jointe.

Elle goûta la bière et la trouva assez amère. Mais, bientôt, son attention fut captée par les artistes qui entraient en scène.

La troupe se composait de six hommes, tous vêtus de costumes bavarois. Ils commencèrent à danser. Le bruit de leurs lourdes chaussures et le battement de leurs mains sur les cuisses produisaient un vacarme étourdissant.

— Je suis comblée. C'est exactement ce

que je désirais voir, cria Tilda au professeur.

Elle dut lui répéter cela trois fois, en lui hurlant dans les oreilles pour qu'il puisse entendre.

Il lui sourit et frappa dans ses mains comme un vieux collégien dans une réunion d'anciens élèves.

Aux danseurs très applaudis, succéda une jolie fille qui chanta une ballade sentimentale, parlant d'un fiancé perdu dans les montagnes.

Le public, apparemment, n'était pas d'humeur à s'attendrir et la voix de la jeune fille fut aussitôt couverte par le brouhaha qui devenait de plus en plus intense.

Le spectacle suivant suscita chez Tilda la plus vive admiration.

C'étaient des joueurs de sonnailles. Des cloches de différentes tailles étaient disposées devant eux et, avec une grande habileté, les quatre exécutants en tiraient des airs mélodieux.

— Oh! Je suis si contente de les avoir entendus! s'exclama Tilda à la fin du dernier morceau.

— Vous devriez manger, conseilla le professeur, votre plat va être froid.

Après le dîner à l'hôtel, Tilda n'avait pas vraiment faim, mais pour lui faire plaisir, elle termina les saucisses et goûta au poisson.

— Je vais commander un peu plus de bière, dit le professeur. En voulez-vous un autre verre, ou préférez-vous du vin blanc?

— Je prendrai du vin blanc, dit-elle.

Elle ne voulait pas le décevoir, mais elle n'aimait pas beaucoup la bière dont le goût lui semblait rude.

Le professeur leva la main pour attirer l'attention du serveur.

L'orchestre recommençait à jouer, lorsque tout à coup, on entendit une immense clameur qui venait de la rue. Un coup de feu retentit et tout le monde tourna la tête vers la porte. Le bruit des voix se fit plus intense et soudain, sous la pression des manifestants, la porte céda aux cris de : « Dehors, dehors, les étrangers ! », « Pas d'étrangers dans notre pays, pas d'étrangers à Munich ! ».

Les clients qui se trouvaient près de la porte tentèrent vainement de s'opposer à l'entrée de ce flot hurlant. Déjà, venant du fond de la salle, un mouvement de foule indiquait que tout le monde voulait gagner la sortie en même temps.

Le professeur saisit le bras de Tilda :

— Il faut que nous partions vite, cria-t-il. Il doit y avoir d'autres sorties.

Un sentiment de panique commençait à se répandre. Les tables et les chaises s'entrechoquaient ou se brisaient dans les mouvements incohérents de cette marée humaine. Au milieu de tout cela, il n'était pas question de choisir la direction à prendre : la foule vous portait dans un élan contre lequel on ne pouvait rien.

Néanmoins, le professeur tenait toujours le

bras de Tilda et, ensemble, ils tentèrent de gagner la sortie.

Les hurlements devenaient de plus en plus aigus et on entendait des coups de feu plus rapprochés.

Tilda aperçut sur la scène les acteurs qui regardaient avec étonnement le spectacle qui se déroulait à leurs pieds.

Tilda et le professeur, poussés par la foule, parvinrent à une double porte qui était ouverte non loin de la scène. C'était la sortie dont le professeur avait parlé. A ce même moment, les lumières s'éteignirent, on entendit des cris, certains d'angoisse, d'autres de joie, puis les slogans des envahisseurs reprirent.

Certains de ces cris ressemblaient par leur jovialité à ceux d'un classique monôme estudiantin, mais d'autres sonnaient franchement hostiles et étaient assortis de jurons très offensants pour les étrangers.

Il y eut de nouveaux hurlements et de nouveaux coups de feu. Tilda, portée par la cohue, s'acheminait tant bien que mal vers la sortie. Elle essayait de rattraper la main du professeur qu'un mouvement de foule l'avait obligée à lâcher un instant. Elle parvint enfin à la saisir et la tint fermement.

« Quoi qu'il arrive, se dit-elle, il ne faut pas que nous soyons séparés. »

Tilda sentait maintenant que le professeur la tirait en direction de la sortie, hors de la foule qui l'étouffait presque.

« Si je ne réussis pas à franchir la porte, se dit-elle, je risque d'être piétinée. »

Cette pensée l'effraya et elle serra plus fort la main du professeur.

Le couloir sombre vers la sortie était un véritable tunnel et l'on apercevait, à l'autre extrémité, la lumière des lampadaires. Tilda enfin se retrouva dehors et éprouva une grande joie à respirer l'air frais de la nuit.

La foule se dispersait maintenant. Les gens couraient aussi vite qu'ils pouvaient pour échapper aux manifestants.

— Ils arrivent par l'autre côté! cria un homme.

— Ils ne sont pas loin, lança un autre.

Tout le monde courait, et cédant au mouvement général, Tilda se mit à courir aussi.

Elle tenait toujours fermement la main du professeur et tous deux se faufilèrent dans une rue fort étroite et fort sombre.

Ils coururent encore, jusqu'à ce que Tilda, trop essoufflée pour aller plus loin, demande à s'arrêter un instant. C'était à un carrefour éclairé par l'un des rares lampadaires qui fonctionnaient encore à cette heure.

Elle ressentait dans son corps les chocs et les heurts provoqués par la pression de la foule dans l'étroite sortie de la taverne. Ses jambes refusaient de la porter.

— Nous leur avons échappé! dit-elle presque hors d'haleine, en se tournant vers le professeur.

L'espace d'un instant, elle crut qu'elle était

dans un rêve : l'homme dont elle tenait la main n'était plus le professeur, mais le jeune homme appelé Rudolf.

Si elle était surprise, lui ne l'était pas moins.

Il la regarda avec étonnement et dit :
— J'ai cru que vous étiez quelqu'un d'autre.

— J'ai... j'ai cru que vous étiez... mon oncle, dit-elle après un moment d'hésitation.

Comme elle parlait, de nouveaux coups de feu se firent entendre.

— Qui que nous soyons l'un et l'autre, nous ferions bien d'aller un peu plus loin, car l'endroit n'est pas sûr, dit Rudolf d'un ton énergique.

Dans sa surprise, il avait lâché la main de Tilda, mais il la saisit de nouveau et l'entraîna avec lui.

— Venez, dit-il. Je ne veux pas tomber aux mains de ces manifestants déchaînés.

Ils marchèrent dans des rues sombres en rasant les murs, longèrent une impasse et tournèrent dans une autre rue.

Ils ne regardaient pas derrière eux, mais Tilda avait la sensation que quelqu'un les suivait. Était-ce un ami ou un ennemi ? Elle n'en savait rien. Ce dont elle était sûre, c'était qu'il fallait fuir et se cacher.

Tout rentrerait dans l'ordre plus tard. Elle retrouverait le professeur et Rudolf rejoindrait Mitzi, mais pour le moment, il était inconcevable d'aller à leur recherche.

Ils continuaient à courir le long de l'impasse et, soudain, sans avoir compris comment, ils débouchèrent sur une place et se trouvèrent au milieu d'une foule d'étudiants.

Ils s'arrêtèrent, interdits, et parce qu'elle ressentait le besoin d'être protégée, Tilda se serra contre son compagnon.

Ils s'aperçurent vite que ces étudiants n'étaient pas du genre exubérant, mais faisaient face silencieusement à une haie de policiers.

Rudolf saisit la main de Tilda et tenta de reculer dans l'impasse. Un policier les vit et commanda de sa voix d'acier :

— Au centre ! venez au centre de la place !

— Nous ne faisons pas partie de ce groupe, inspecteur, cria Rudolf.

— Faites ce que je vous dis ! Venez ici !

Il avait un pistolet dans la main et Rudolf trouva plus raisonnable d'obéir.

Lentement, ils gagnèrent le centre de la place et se joignirent aux étudiants.

— Que va-t-il nous arriver ? demanda Tilda, avec des sanglots dans la voix.

— Ce ne sera rien, dit Rudolf. Nous pouvons prouver que nous ne sommes pas étudiants.

Tilda sentait son cœur palpiter d'effroi. Si elle devait décliner sa véritable identité, cela aurait des conséquences dramatiques.

La future épouse du prince Maximilien arrêtée dans une manifestation d'étudiants ! Elle imaginait déjà les titres des journaux anglais et sa photographie en première page. Quel scandale alors rejaillirait sur sa famille et sur la personne de la reine !

— Je vous en prie, essayons de fuir ! dit-elle à Rudolf.

— Je vais faire l'impossible, mais cela ne va pas être facile.

— Qu'est-ce qu'ils attendent ? demanda Tilda.

— Une voiture cellulaire, j'imagine, pour emmener tout ce monde-là et les conduire au poste.

Tilda frémissait d'angoisse.

Si elle déclarait être une simple touriste, ils demanderaient sans aucun doute où elle résidait.

Peut-être l'hôtel devrait-il confirmer sa déclaration pour qu'elle soit libérée. Elle imaginait déjà d'innombrables complications et, surtout, l'indignation de ses parents et de tous les membres de sa famille.

Elle les entendait déjà : « La filleule de la reine, se conduire de façon si scandaleuse après avoir reçu une éducation si parfaite ! Il était clair, dès l'annonce de ce mariage, qu'elle ne saurait être une épouse idéale pour Maximilien. »

Ce n'était plus lui qu'ils dénigreraient alors, mais elle. Pendant que toutes ces idées roulaient dans sa tête, elle se rendit compte qu'elle serrait un peu plus fort la main de Rudolf.

— N'ayez pas peur, lui dit-il avec douceur.

— Il faut nous enfuir! il le faut! répéta Tilda, terrorisée.

Il ne répondit pas, mais imperceptiblement, il l'entraîna vers les abords de la place, tentant de contourner la foule pour gagner la rue qui se trouvait à l'opposé.

C'était dans cette direction que les policiers regardaient, attendant d'une minute à l'autre le fourgon cellulaire.

« Comment ai-je pu être assez folle pour me jeter dans cette aventure? » se demandait Tilda.

Tout cela était sa faute, mais le repentir n'était, hélas, pas suffisant pour la sortir de la situation présente.

— Le voilà! Et il est à l'heure! s'écria un policier à la vue du fourgon qui débouchait sur la place.

C'était un véhicule long et étroit, peint en noir, sans fenêtres, avec seulement deux portes à l'arrière.

Deux policiers conduisaient les chevaux et tournèrent la voiture en direction de la rue par laquelle ils étaient arrivés. Ils ouvrirent les portes et obligèrent certains étudiants à monter dans la voiture.

— Allons! Grimpez! ordonnèrent-ils.

Deux ou trois étudiants semblaient obéir. Alors, comme si cet ordre impérieux avait ravivé la querelle, tous commencèrent à scander des slogans.

— A bas l'oppression! A bas la police! A bas les étrangers! A nous, Munich!

Les voix résonnaient furieusement dans la nuit et, tandis que les policiers commençaient à frapper un étudiant qui tentait de s'échapper, un cri s'éleva :

— A l'assaut ! A l'assaut !

En un instant, un mouvement de rébellion gagna toute la place. Des étudiants brandissaient des drapeaux, d'autres des bâtons ou des couteaux et tous se jetaient dans la mêlée. Un policier tomba et fut piétiné par les manifestants.

Tout cela produisit un indicible vacarme : les policiers sifflaient aussi fort qu'ils pouvaient et les étudiants hurlaient plus fort encore.

On entendit des coups de feu de plus en plus rapprochés. L'un des policiers qui conduisait la voiture se pencha pour voir ce qui se passait. Bien qu'il eût quitté son siège, il n'avait pas lâché les rênes.

C'est à ce moment que Rudolf agit avec une incroyable rapidité : il fit tomber l'homme à terre et, avec une parfaite maîtrise de ses gestes, il s'empara des rênes et s'installa à sa place. Il se pencha alors, saisit Tilda par la taille et l'assit auprès de lui.

Il tenait dans sa main le fouet dont il frappait maintenant les chevaux avec violence. L'attelage démarra brutalement, balayant sur son chemin les hommes encore occupés à se battre.

La voiture prenait de la vitesse et, à l'arrière, les portes restées ouvertes battaient en faisant grincer leurs gonds. Les chevaux, excités par le bruit, tiraient sur l'attelage avec une surprenante vigueur.

On entendait, sur le passage de la voiture, des cris, des appels, des injures et même des bravos, mais Rudolf, décidé à fuir à tout prix, regardait droit devant lui.

Tilda se cramponnait à son siège pour ne pas tomber.

— Nous avons réussi, dit-elle à haute voix.

— Pour le moment, répondit Rudolf. Maintenant, nous avons à nos trousses non seulement les étudiants, mais aussi la police !

— Croyez-vous qu'ils pourront nous rattraper ? demanda Tilda avec angoisse.

— J'espère que non ! Je ne crois pas que les prisons de Munich soient plus confortables que les autres !

Ils roulaient maintenant le long de rues désertes ; sans doute avaient-ils déjà atteint les faubourgs.

Tilda remarquait que Rudolf menait les chevaux avec une grande assurance et semblait savoir où il allait. Son itinéraire paraissait tracé de façon à éviter les rues et les quartiers où ils étaient susceptibles de rencontrer des rondes de police.

Les maisons des faubourgs commençaient à devenir rares et l'on voyait de plus en plus d'arbres et de prairies.

Ils passèrent sur un pont et se trouvèrent tout à coup en pleine campagne.

— Où allons-nous ? demanda Tilda.

— Aussi loin que possible de Munich, répondit Rudolf.

— Mais je ne peux pas... je veux dire... je dois rester à Munich.

— L'air de Munich n'est pas très sain pour nous en ce moment ! Vous savez, non seulement nous passons aux yeux de la police pour des manifestants, mais en plus, nous avons volé une de ses voitures et cela constitue sans doute le forfait le plus grave.

— Mais je dois rentrer ! s'écria Tilda. Ils vont m'attendre et cela va déclencher une foule de... complications.

— Pas autant sans doute que pour moi, si je suis pris ! rétorqua Rudolf.

Tilda demeura calme pendant quelques instants, puis ajouta :

— Avez-vous des raisons... particulières de craindre que la police vous interroge ?

— J'en ai, en effet, répondit-il d'un air soucieux.

Tilda se demanda quel délit Rudolf avait bien pu commettre.

« Cela ne pouvait être rien de bien grave, pensa-t-elle. Après tout, il paraissait très heureux et détendu lorsqu'il poursuivait Mitzi dans les bois de Linderhof. Mais qu'adviendrait-il de lui si la police le soumettait à un de ces interrogatoires dont elle avait entendu parler ? Saurait-il résister à la terrible épreuve du cachot, saurait-il faire la preuve de son innocence, pris dans le piège de cette redoutable juridiction ? En Angleterre, au moins, pays plus libéral, l'accusé demeure innocent jusqu'à ce que la police ait pu établir la preuve de sa culpabilité. Il a raison, pensa encore Tilda. Il faut absolument échapper à la police. Nous ne devons pas être pris. »

Mais alors que la voiture continuait son chemin dans la nuit, Tilda pensa que cette résolution serait difficile à tenir.

4

Rudolf ralentit les chevaux pour les laisser reposer un peu. La lune, cachée jusqu'ici par les nuages, inondait maintenant la lande et les bois de sa pâle clarté.

Au loin, la route courait à travers la vallée, dominée de part et d'autre par des collines et, plus loin encore, on apercevait sur un fond de nuit étoilée, les pics neigeux des montagnes.

Le vent glacé venant des sommets fit frissonner Tilda.

— Vous avez froid ? dit Rudolf. Tenez les rênes un instant.

Tilda le vit retirer sa veste.

— Il n'y a pas de raison... Je n'ai pas froid !

— Je résiste mieux au froid que vous, dit-il.

Il couvrit de sa veste les frêles épaules de Tilda et reprit les rênes.

— Comment vous appelez-vous ? demanda-t-il.

— Tilda, et merci pour la veste !

— Ne me remerciez pas ! Je m'appelle Rudolf.

Tilda faillit dire qu'elle le savait déjà, mais elle se retint.

— Vous êtes en visite touristique, je suppose.

— Oui, et je suis anglaise.

— C'est bien ce que je pensais.

— Pourquoi ?

— Parce que seuls les Anglais peuvent demeurer imperturbables au milieu de tels événements.

Elle le vit sourire et il ajouta :

— Si vous n'étiez pas anglaise, je suppose que vous seriez en ce moment en train de pleurer et de pousser des cris hystériques en vous accrochant à moi.

— J'ai toujours entendu dire dans ma famille que les hommes détestaient les scènes, en particulier lorsqu'ils menaient un cheval.

— Vous avez raison : ce principe anglais me semble des plus dignes d'être observé.

— Mais pourquoi fuyez-vous ? demanda Tilda. Vous n'êtes pas étranger, vous...

— Je ne suis pas bavarois, si c'est là ce que vous voulez dire.

Elle le regarda d'un air surpris.

— Je pensais que vous l'étiez.

— Non, je suis obernien.

— C'est donc votre pays qui nous vaut tous ces événements.

— Comment le savez-vous ? demanda-t-il.

— Quelqu'un disait à la taverne que les étudiants désapprouvaient le choix d'un vice-chancelier obernien.

— Ils n'ont de toute façon pas besoin d'un prétexte comme celui-là pour tout saccager !

— Ils ont toujours eu beaucoup d'influence sur l'opinion publique et les dirigeants. Après tout, c'est à eux que l'on doit l'abdication de Louis Ier.

— Oui, mais en fait, à l'origine de tout cela, il y avait une femme du nom de Lola Montez, mais je vois que vous n'avez pas oublié vos leçons d'histoire.

— Ce serait dommage de visiter un pays sans en connaître le passé.

— C'est l'idée avec laquelle je suis parti pour l'Angleterre, dit Rudolf, mais l'histoire de votre pays m'a semblé assez ennuyeuse et je dois avouer n'en avoir retenu que de rares événements.

— Est-ce que vous parlez l'anglais ? demanda Tilda.

— Oui, mais mon anglais est sans doute bien moins bon que votre allemand, répondit-il dans la langue de Tilda.

Il avait un léger accent, mais parlait très correctement.

— Mais votre anglais est excellent ! s'exclama Tilda.

— Vous me flattez un peu.
— Tout comme vous, lorsque vous avez rendu hommage à mon calme britannique.
— Je pense sincèrement que votre attitude a été celle d'une femme courageuse en des circonstances difficiles.
— Merci, dit Tilda. Mais qu'allons-nous faire maintenant ?
— Très franchement, je n'en sais rien.
— Pourtant, il faut que nous prenions une décision.
— Ce qui est sûr, c'est que nous ne pouvons pas retourner à Munich.
— Mais il faut que j'y retourne ! s'exclama Tilda. Vous ne comprenez pas...
— Je comprends très bien, mais il faut que vous soyez raisonnable. Retourner en ville maintenant nous mettrait devant une redoutable alternative : nous heurter aux étudiants qui essaient de purger la ville de ses étrangers, ou bien, pis encore, affronter les policiers pour leur expliquer que nous avons emprunté une de leurs voitures.

Tilda poussa un léger soupir.
— Alors, que suggérez-vous ?
— Je suggère que nous trouvions une auberge et que nous y passions la nuit. Demain, la tension aura peut-être diminué et vous au moins pourrez rentrer à Munich.
— Si nous nous éloignons encore, je devrai rentrer à pied ou bien sur l'un de nos chevaux, car je doute que la voiture soit en état de faire le voyage de retour.

Tilda, regardant devant elle, aperçut une lumière. Elle crut d'abord que c'était une chaumière, mais en regardant mieux, s'aperçut que cette lumière était sur la route.

— Il y a une lumière devant nous, dit-elle.

Aussitôt Rudolf tira sur les rênes et les chevaux s'arrêtèrent.

— Je sais ce que c'est. J'aurais dû me rappeler que lorsqu'il y a des manifestations en ville, la police barre toutes les routes.

— Vous voulez dire que nous ne pouvons pas... continuer ?

— Je veux dire que si nous continuons, c'est comme si nous allions tout droit en prison.

Rudolf avisa alors une petite route étroite qui partait sur leur droite.

Il tira sur les rênes pour diriger les chevaux de ce côté et Tilda se rendit compte qu'il essayait de tourner.

— Il va être très difficile de faire demi-tour ici, dit-elle.

— Je sais, répondit Rudolf. Mais regardez derrière et dites-moi si quelqu'un vient.

En se penchant légèrement sur le côté, Tilda aperçut au loin des lumières.

Elle comprit soudain que si elle avait pu voir la lumière de la police, celle-ci avait certainement vu la leur.

— Je crois que ça va, dit-elle.

Mais alors que Rudolf achevait la manœuvre, il entendit Tilda pousser un petit cri.

— Il y a quelqu'un qui vient ! Deux hommes à cheval.

Elle entendit Rudolf jurer dans sa barbe, mais il parvint à achever son demi-tour.

Il fouetta violemment les chevaux qui bondirent en avant, bien qu'ils n'eussent plus toute l'énergie qu'ils avaient au départ.

— Regardez à quelle distance ils sont ! ordonna Rudolf d'une voix autoritaire.

Se penchant dangereusement sur le côté, Tilda obéit.

— Il me semble qu'ils se rapprochent, dit-elle.

— Je crois qu'il n'y a plus qu'une chose à faire, dit Rudolf ; je vais ralentir l'allure, et vous allez sauter.

— Je ne veux pas vous quitter, dit Tilda dans un mouvement de frayeur. Je ne peux pas rester sur la route... toute seule.

— Je vous rejoindrai un peu plus tard. Après avoir sauté, rampez vers le sommet de la colline en prenant bien garde de rester dans l'obscurité des arbres.

— Mais... promettez-moi de venir me rejoindre ! demanda-t-elle sur un ton de supplication.

— Je vous le promets, mais faites ce que je vous ai dit, c'est notre seule chance.

Il tira sur les rênes et aussitôt les chevaux ralentirent leur allure.

— Allez-y, sautez maintenant !

Elle lui obéit et se retrouva roulant dans l'herbe sur le bas-côté.

— Courez vite, lui cria-t-il encore.

Elle se releva prestement et courut vers le sommet de la colline en se faufilant entre les arbres.

Elle fut prise de panique à l'idée que Rudolf l'abandonnait et qu'il fouettait maintenant les chevaux pour accélérer l'allure.

Comme elle attendait, blottie derrière un tronc d'arbre, elle perçut un bruit dans les broussailles et vit Rudolf qui rampait vers elle.

Il s'approcha d'elle et lui prit la main.

— Venez, dit-il. Il vaut mieux que nous quittions cet endroit.

Lui tenant toujours la main, il l'entraîna vivement dans le sentier.

— Pensez-vous qu'ils nous aient vus? demanda-t-elle à voix basse.

Dans leur course effrénée, Rudolf n'avait rien entendu; elle ne jugea pas utile de renouveler sa question.

Ils continuèrent à grimper et, soudain, ils entendirent, à quelques dizaines de mètres d'eux, le souffle puissant d'un cheval et une voix d'homme.

— Ils nous ont certainement repérés, dit Rudolf. J'espère au moins qu'ils vont aller en direction du fourgon.

Ils continuèrent leur ascension.

Le chemin était jonché de cailloux qui mettaient les pieds de Tilda à rude épreuve.

Tout à coup une voix leur cria :

— Arrêtez ou je tire!

Mais Rudolf, loin d'obéir à cet ordre, continua. Les arbres étaient si proches les uns des autres qu'ils constituaient une masse très dense où l'on pouvait facilement se dissimuler.

— Ils ne peuvent pas nous voir, dit Tilda, continuons.

— Arrêtez ! cria l'homme de nouveau.

Un coup de feu retentit et l'écho, renvoyé par la montagne, se prolongea dans un tonnerre assourdissant.

— Venez, dit Rudolf, ils ne pourront pas nous rattraper.

Tilda avait du mal à le suivre ; il faisait de grandes enjambées et semblait se jouer des obstacles qu'elle évitait difficilement.

Deux nouveaux coups de pistolet retentirent, et Rudolf poussa un cri :

— Vous ont-ils touché ? demanda Tilda.

— Oui, oui, à la jambe.

Il essaya de continuer, mais la douleur était telle qu'il dut s'appuyer contre un arbre ; puis il se laissa tomber.

Tilda s'accroupit auprès de lui afin de ne pas offrir une nouvelle cible aux tireurs.

— Comment vous sentez-vous ? demanda-t-elle.

— Sont-ils toujours là ?

Il était pratiquement impossible de distinguer quoi que ce soit à travers les arbres. Tilda écouta avec attention et n'entendit plus aucun bruit.

Pendant quelques instants, le silence fut total et, enfin, elle perçut le pas d'un cheval qui s'éloignait sur la route.

Elle poussa un long soupir :

— Ils sont partis !

Rudolf gardait le silence.

— Est-ce que vous souffrez ? Qu'allons-nous faire maintenant ?

— Je pense, dit-il avec effort, qu'il doit y avoir un village proche d'ici. Il faudrait que nous puissions l'atteindre.

Tilda était sur le point de protester, arguant que toute rencontre avec des inconnus pourrait se révéler dangereuse. Mais devant la gravité de la blessure de Rudolf et le froid qui commençait à la gagner, elle approuva sa décision.

— Vous avez raison, dit-elle. Nous allons essayer d'atteindre le village, appuyez-vous sur moi.

Elle se rendit compte très vite que Rudolf avançait avec peine.

— Vous ne pourrez pas aller bien loin dans cet état !

— Qu'y a-t-il là, devant nous ? demanda-t-il soudain.

— Je ne vois rien, pour l'instant.

Ils continuèrent un peu, mais Tilda se rendait bien compte que cette marche était un supplice pour son compagnon. Dans la clarté lunaire, elle distinguait l'expression crispée de son visage et sentait son bras qui se faisait de plus en plus lourd sur ses épaules.

Ils arrivèrent enfin jusqu'à une clairière et, après avoir regardé autour d'elle, Tilda poussa un cri de surprise.

— Là, devant nous, une maison !

— J'espère que j'aurai assez de force pour y arriver, autrement, vous devrez appeler pour que l'on vienne me chercher.

— Allons, faites un dernier effort.

Il avançait en sautillant sur une jambe.

Bien que la maison ne fût pas très éloignée, il semblait à Tilda qu'ils ne l'atteindraient jamais.

Ils y arrivèrent enfin.

C'était une toute petite maison, un minuscule chalet, à l'inverse des maisons bavaroises généralement spacieuses. Sous la clarté de la lune, elle semblait peinte en blanc avec un toit noir. Il y avait seulement deux fenêtres garnies de pots de fleurs, qui encadraient la porte d'entrée. Rudolf s'appuya contre le mur de la façade et dit :

— Frappez !

Il n'y eut pas de réponse. Alors, elle contourna la maison afin de voir s'il n'y avait pas une autre entrée. Elle trouva une fenêtre dont les rideaux n'étaient pas tirés et vit qu'elle donnait sur une petite cuisine.

Elle revint vers Rudolf.

— Je pense qu'il n'y a personne, dit-elle.

Elle frappa de nouveau et essaya de tourner la poignée afin d'attirer l'attention de l'occupant éventuel.

A sa grande surprise, la porte s'ouvrit. Elle

entra et arriva dans la cuisine qu'elle avait aperçue par la fenêtre. Il y avait un évier, une table et deux chaises, et un fourneau assez primitif, sur lequel, sans doute, le propriétaire faisait sa cuisine.

« Peut-être sont-ils déjà couchés », pensa Tilda.

Il n'y avait qu'une autre porte dans la maison. Tilda frappa et, n'obtenant pas de réponse, la poussa.

Là non plus, les rideaux de la fenêtre n'étaient pas tirés et, sous la clarté de la lune, Tilda pouvait apercevoir un grand lit qui occupait presque toute la pièce.

Sans aucun doute, le propriétaire était absent.

« Ce qu'il faut faire maintenant, pensa Tilda, c'est examiner la blessure de Rudolf. »

Elle le trouva toujours appuyé au mur, les yeux fermés, le visage durci, dans une attitude de souffrance.

— Venez dans la maison, lui dit-elle. Il n'y a personne, je pourrai vous examiner tranquillement.

Sans prononcer un seul mot, Rudolf s'appuya sur l'épaule de Tilda et se laissa guider jusqu'à la chambre.

Elle l'aida à s'étendre sur le lit, et après quelques explorations dans la cuisine, découvrit une chandelle et des allumettes.

Elle l'alluma et tira les rideaux de la chambre. Il n'était pas impossible que la police fût encore dans les environs, et la moindre lumière risquerait d'attirer l'attention.

Rudolf se tenait assis sur le lit, penché en avant, la tête dans ses mains. Tilda approcha la chandelle et ne put réprimer une exclamation d'horreur en regardant sa jambe.

Il avait descendu son bas de laine. On voyait le sang qui coulait assez abondamment et formait déjà une tache importante sur le plancher.

Tilda fit un effort pour rassembler toutes ses connaissances sur la façon de soigner un blessé. Sa mère avait insisté avec raison pour qu'elle suivît des cours qui permettent de dispenser les premiers soins à un blessé.

La princesse, bien qu'elle ne l'avouât pas, pensait surtout aux nombreux attentats anarchistes perpétrés ces dernières années contre plusieurs monarques.

Ainsi, l'année précédente, le prince consort avait protégé la reine d'un tir meurtrier en se plaçant devant elle. L'année d'avant, on avait attenté à la vie de Guillaume Ier.

Ainsi Tilda serait capable de se conduire avec bravoure, si une chose semblable arrivait au prince Maximilien, son futur époux.

Tilda pensa que la première chose à faire était de retirer le bas déjà tout poissé de sang.

Elle alla chercher à la cuisine une cuvette et des serviettes afin de laver la blessure et essayer d'arrêter l'hémorragie.

« Peut-être pourrai-je faire un bandage en

coupant une serviette en deux », pensa-t-elle.

Elle ouvrit un placard et constata avec surprise qu'il y avait là tout ce dont elle pouvait avoir besoin : bandes, pansements, coton hydrophile...

Elle se demandait si elle était dans la maison d'une infirmière ou dans celle d'un guide de montagne habitué à porter secours aux blessés.

Elle prit tout ce qui était nécessaire pour soigner Rudolf et retourna vers lui.

Le sang semblait couler davantage encore.

— Je vais essayer d'arrêter l'hémorragie, dit-elle.

— Je suis désolé de vous donner tout ce mal, murmura Rudolf.

Elle commença par retirer ses chaussures, puis ses bas.

Elle agissait prestement mais avec beaucoup de douceur, comme l'aurait fait une infirmière professionnelle.

Elle put voir alors que la balle avait entamé la chair, mais ne semblait pas avoir pénétré profondément. Elle pensa que Rudolf devait se sentir bien affaibli, non seulement par la souffrance, mais surtout à cause de tout le sang perdu. Elle fit un pansement comme on le lui avait enseigné, et banda la jambe.

Pour que les draps ne soient pas souillés par le sang, Tilda plaça sous la jambe de Rudolf un petit tapis qui se trouvait sur le sol.

Comme c'était l'usage en Bavière, il n'y avait pas de couverture, mais un édredon de plumes qu'elle retira.

— Il faut vous étendre et ne plus bouger, dit-elle. Voulez-vous que je vous aide ?

— Non, ça ira, j'y arriverai seul.

Avec une serviette, Tilda épongea le sang qui s'était répandu sur le parquet, et rapporta la cuvette dans la cuisine.

Le spectacle de cette serviette ensanglantée était affreux, mais elle se félicita de surmonter sa répulsion, alors que beaucoup de jeunes filles de son âge s'évanouissaient à la vue d'une blessure.

Elle emplit la cuvette d'eau froide et laissa tremper la serviette. Elle retourna vers le placard, espérant y trouver une bouteille de cognac pour en donner un verre au blessé. Il n'y avait pas de cognac, mais seulement quelques fioles de médicaments que Tilda examina à la lueur de sa chandelle. L'une d'elles retint son attention : c'était du laudanum.

« Je vais lui en donner, pensa-t-elle, ainsi il pourra dormir et oublier sa douleur. »

Elle se souvenait qu'une de ses gouvernantes en prenait souvent pour dormir et que c'était une panacée pour bien des maux. Elle prit une petite cuillère et retourna dans la chambre.

— J'ai trouvé du laudanum ! lança-t-elle. Je vais vous en donner un peu, cela atténuera votre douleur et vous fera dormir. Vous vous sentirez mieux demain matin.

— Avez-vous fermé la porte à clé? demanda-t-il.

— Non.

— Alors, faites-le, ce sera plus sûr.

Tilda ne trouva pas la clé, mais un verrou de bois qu'elle poussa.

« Il faudra que je me lève tôt, se dit-elle, pour ouvrir la porte, car si le propriétaire revient et trouve sa porte fermée, le moins que l'on puisse dire est qu'il trouvera cela étrange. »

Elle retourna dans la chambre.

— J'ai mis le verrou. Maintenant, faites-moi le plaisir de prendre un peu de laudanum, cela vous calmera.

Tilda essaya de se souvenir combien de gouttes prenait sa gouvernante, mais son seul souvenir précis était les visites fréquentes qu'elle faisait à la pharmacie du village pour faire remplir la petite bouteille de ce que miss Grover appelait ses « gouttes de migraine ».

Rudolf se souleva légèrement en s'appuyant sur son coude et regarda Tilda compter les gouttes dans la cuillère.

— Vous devriez m'en donner une dose plus forte, dit-il.

— Je ne sais pas exactement quelle peut être la dose correcte.

— Donnez-moi la bouteille.

Il emplit une cuillère et l'avala d'un coup en faisant une grimace.

— C'est plus qu'il n'en faut, dit Tilda.

Vous ne pourrez pas vous réveiller demain matin et je devrai affronter seule le propriétaire.

— Ne vous inquiétez pas, je serai en état de tout expliquer.

Il lui rendit la bouteille et se renversa sur son oreiller.

Tilda regarda sa jambe : le sang n'avait pas traversé le pansement. Elle recouvrit Rudolf de l'édredon qu'elle avait retiré.

— Essayez de dormir, dit-elle doucement.
— Merci de tout ce que vous avez fait pour moi, dit-il.

Il s'endormit aussitôt profondément.

Tilda commença alors à ressentir toute la fatigue de cette longue journée.

Elle chercha un fauteuil confortable dans lequel elle pourrait s'installer, mais s'aperçut vite qu'elle n'avait le choix qu'entre le lit et une simple chaise.

Elle sentait le froid la gagner peu à peu. Dehors le vent hurlait dans les arbres.

Elle retourna dans la cuisine.

Il y avait eu du feu dans la cheminée, mais il ne restait pas la moindre braise. Dans l'angle de la pièce, le fourneau non plus ne fonctionnait pas.

Un coup de vent secoua la fenêtre. Tilda éteignit la chandelle avant de pénétrer dans la chambre.

Elle s'assit sur le bord du lit.

« Maman serait terriblement mécontente », pensa-t-elle.

Mais pour le moment, la princesse Priscilla était loin et Tilda tenait à passer la nuit confortablement.

Elle décida de s'allonger et de glisser ses jambes sous l'édredon dont le contact était doux.

Ainsi installée, elle tourna le dos à Rudolf et elle tira l'édredon jusqu'à ses épaules.

Au petit matin, Tilda ouvrit les yeux et se demanda où elle était. Le soleil filtrait par la jointure des rideaux.

A sa grande surprise, elle s'aperçut qu'elle était habillée et portait une veste de tweed.

Elle se souvint alors d'avoir fui Munich dans un fourgon de police et d'avoir eu peur dans la montagne lorsque les policiers les poursuivaient. Elle revoyait surtout la blessure sanglante de Rudolf.

Tout cela lui revint en mémoire d'un seul coup et, à ce moment-là, elle entendit que quelqu'un tournait la poignée de la porte et essayait d'entrer.

Elle prit alors tout à fait conscience qu'elle n'était pas chez elle et que le propriétaire essayait de pénétrer dans sa propre maison de la façon la plus normale. Pieds nus, elle se précipita hors de la chambre pour aller ouvrir. Elle repoussa le verrou et se trouva devant une femme plutôt âgée qui la regardait avec étonnement.

— Qui êtes-vous et que faites-vous là ? demanda-t-elle à Tilda.

C'était une femme de grande taille avec des

cheveux grisonnants, une peau claire et des yeux d'un bleu sombre.

— Je dois vous expliquer, madame, dit Tilda, que nous nous sommes abrités chez vous pour la nuit.

— Je vois! Et qu'entendez-vous par « nous » ? demanda la propriétaire en entrant dans la cuisine où elle déposa son panier.

Elle jeta un coup d'œil autour d'elle, et, presque automatiquement, Tilda expliqua :

— Mon mari... et moi... avons eu quelques ennuis avec les... étudiants.

— J'ai entendu dire qu'ils manifestaient, en effet, dit la dame. Ces jeunes gens sont insupportables; on devrait les arrêter ! Je l'ai déjà dit souvent : les arrêter !

— Les policiers voulaient aussi nous arrêter, car ils pensaient que nous étions étudiants, continua Tilda, et mon mari... a été blessé à la jambe.

— Blessé ? s'exclama la vieille dame, mais où est-il ?

Elle entra dans la chambre. Rudolf dormait toujours et respirait profondément.

Elle s'approcha du lit et, en même temps, vit sur la table de chevet le flacon de laudanum que Tilda avait oublié de ranger.

— Est-ce là ce que vous lui avez donné ? demanda la vieille dame.

— Je crois qu'il en a trop pris, dit Tilda, mais il souffrait beaucoup. J'ai aussi pansé sa blessure, j'espère avoir fait ce qu'il fallait.

La vieille dame retira l'édredon et Tilda

vit aussitôt que le pansement était taché de sang.

— J'ai fait ce que j'ai pu, dit Tilda d'un air gêné. J'ai découvert les pansements... dans votre placard.

— Vous avez dû être heureuse de les trouver, remarqua la vieille dame. (Elle sourit, puis ajouta :) Vous semblez bien jeune pour avoir des ennuis avec la police et pour faire des pansements à un blessé.

— J'espérais trouver quelqu'un dans la maison, expliqua Tilda, mais... La porte était ouverte et, de toute façon, mon mari n'aurait pu aller plus loin.

— Vous avez déjà fait preuve d'un grand courage pour l'amener jusqu'ici, remarqua-t-elle. Maintenant, permettez-moi de me présenter : je m'appelle Mme Sturdel et je suis la sage-femme du village.

— Ainsi tout s'explique ! C'est pour cela que j'ai trouvé si facilement des pansements et des serviettes.

— En effet, répondit-elle. J'étais sortie pour un accouchement mais le bébé n'est pas encore arrivé.

Elle retourna à la cuisine, suivie de Tilda.

— Je suis navrée d'avoir mis votre maison dans cet état, et je paierai pour tous les dégâts que vous pourrez constater.

Bien qu'elle n'eût pas d'argent sur elle, Tilda n'était pas inquiète, car elle avait senti une bourse bien remplie dans la poche de Rudolf et, à en juger par la façon dont il avait été accueilli à la taverne, il devait être riche et bien considéré.

— Il ne me semble pas que vous ayez causé le moindre dommage, dit Mme Sturdel. Mais, maintenant, dites-moi votre nom.

— Mon nom est Tilda, dit-elle enfin et... lui, continua-t-elle en faisant un geste vers la chambre, c'est Rudolf...

Elle s'aperçut que Mme Sturdel attendait toujours qu'elle lui donnât le patronyme, et ajouta le premier nom germanique qui lui vint à l'esprit.

— Weber, dit-elle. Notre nom est Weber.

— Bien. Maintenant, madame Weber, je vais examiner la jambe de votre mari. Pendant ce temps, je suggère, si vous désirez demeurer ici à l'insu de tous, que vous nettoyiez le pas de la porte.

— Le pas de la porte ?

— Oui, il y a une large flaque de sang, à l'entrée, qui pourrait attirer l'attention des visiteurs.

— Personne ne doit savoir que nous sommes ici, personne, dit Tilda avec insistance. Nous partirons aussitôt que nous pourrons, je vous le promets.

— D'après ce que j'ai entendu dire ce matin au village, je ne vous conseille pas de retourner à Munich pour le moment. Les étudiants continuent à faire la chasse aux étrangers.

En disant cela, elle eut un rire bref :

— C'est l'éternelle revendication des étudiants, qui réapparaît régulièrement, et personne ne les prend au sérieux. Mais je crois deviner que vous n'êtes pas bavaroise.

— Je suis anglaise, précisa Tilda et mon mari est obernien.

— Alors, vous êtes obernienne également, mais hélas, cela ne change pas votre situation vis-à-vis des étudiants. Ils semblent détester les Oberniens en particulier; en fait, ils détestent tout le monde, je crois, à l'exception d'eux-mêmes.

Tout en parlant, Mme Sturdel retirait son manteau et enfilait un tablier. Elle ouvrit le placard, et en sortit quelques pansements neufs.

— Venez, madame Weber, dit-elle vivement. Il faut nettoyer ce pas de porte, l'un de mes voisins peut entrer d'un moment à l'autre.

Tilda regarda autour d'elle, semblant chercher les accessoires nécessaires à cette tâche; le nettoyage était une chose dont elle ignorait tout.

« J'aurai sans doute besoin d'un seau, d'une brosse et de savon », pensa-t-elle.

Comme si elle lisait dans ses pensées, Mme Sturdel lui fournit quelques indications :

— Sous l'évier, vous trouverez tout le nécessaire, ainsi qu'un petit coussin pour vos genoux. Je suppose que vous trouverez dur de vous agenouiller à même la pierre.

— Oui... oui, bien sûr, dit Tilda. (Elle saisit

le seau, et semblant hésiter, demanda :) Où... puis-je trouver de l'eau ?

— Il y a une pompe dans le jardin. Elle est un peu vieille et rouillée; mais vous pourrez en tirer quelque chose. Cette eau vient des montagnes et elle est glacée à cette époque de l'année. Cela me rappelle que je dois allumer mon fourneau !

Indécise sur ce qu'elle devait faire, Tilda sortit dans le jardin où l'on voyait quelques rangs de légumes et quelques volailles dans un petit enclos.

Elle actionna la pompe et emplit son seau à moitié pour ne pas avoir à porter une trop lourde charge.

Elle se mit à genoux devant la porte et commença à brosser la pierre du seuil.

Quand elle eut fini, elle retourna en direction du bois dans lequel Rudolf avait été blessé et effaça les traces de sang qu'il avait pu laisser.

— Avez-vous terminé ? demanda Mme Sturdel depuis la chambre.

— Oui, j'ai fait disparaître toutes les traces, répondit Tilda.

— Alors, pouvez-vous apporter un peu de bois pour le fourneau ? Vous en trouverez derrière la maison.

Tilda apporta une quantité de bois suffisante pour entretenir le feu toute la journée.

Alors qu'elle achevait ce travail, Mme Sturdel arriva dans la cuisine, tenant dans sa main les pansements tachés de sang.

— Voilà les pansements changés. Votre mari se sentira mieux maintenant.

— Est-il éveillé ? demanda Tilda.

— Il dort comme une souche, dit Mme Sturdel en riant. Dieu seul sait quelle quantité de laudanum vous lui avez donnée !

— J'espère que cela n'aura pas de conséquences graves ! dit Tilda anxieusement.

— C'est un homme très robuste. Je pense seulement que sa jambe le fera souffrir plusieurs jours.

— J'espère que la balle n'a pas pénétré à l'intérieur ?

— Je puis vous assurer que si elle y était, je l'aurais trouvée. J'ai une grande habitude des blessés par balle; tout le monde dans les environs pourra vous le dire.

— Je ne mettais pas en doute votre habileté dans ce domaine. Vous avez été si gentille et si dévouée pour lui. Je suis simplement inquiète et vous prie de m'excuser.

— Je crois comprendre que vous n'êtes pas mariée depuis très longtemps.

— Non, en effet, répondit Tilda.

— Ne vous inquiétez pas, il sera bientôt remis. Le plus urgent maintenant, pour vous et moi, est de manger un peu. Avez-vous remarqué si les poules avaient pondu ?

— Non, et à vrai dire, je n'y ai même pas pensé. Voulez-vous que j'aille voir ?

— Non, je vais y aller, pendant que vous préparerez la casserole et mettrez le couvert.

Maintenant qu'il s'agissait de cuisine, Tilda

se sentait plus à l'aise. Elle aimait beaucoup faire la cuisine et, lorsqu'elle était enfant, on lui avait aménagé une petite maison dans le jardin où elle confectionnait des plats pour ses poupées.

Et encore, au cours d'un pique-nique, on lui avait permis de préparer, sur un petit feu allumé entre trois pierres, la truite pêchée le matin même par son père.

Néanmoins, pour cette fois, Mme Sturdel fit elle-même la cuisine et elles s'installèrent pour déjeuner.

— Quand croyez-vous que mon mari s'éveillera ? demanda Tilda.

— Cela dépend de la dose de laudanum que vous lui avez administrée. A en juger par la façon dont il dort, je ne serais pas étonnée qu'il ne s'éveille que demain matin.

— Oh ! Mon Dieu ! s'exclama Tilda.

— Ne vous inquiétez pas. Un long sommeil n'a jamais fait de mal à personne.

Ce qui tourmentait surtout Tilda, c'était que la journée entière passerait sans qu'elle puisse retourner à Munich. Elle imaginait déjà le désarroi du professeur et de lady Crewkerne qui l'attendaient à l'hôtel.

Elle était navrée à la seule pensée que le professeur soit impliqué dans sa disparition, et elle imaginait avec quel embarras il avait dû avouer leur fugue à la douairière. Elle espérait toutefois que tous deux attendraient le dernier moment pour alerter la police.

Ce serait un désastre si le prince Maximilien choisissait ce moment précis pour les inviter à le rejoindre.

Mais après tout, pensa Tilda, c'était bien sa faute si tout cela arrivait. S'il les avait accueillis à la date prévue, cette aventure n'aurait pas eu lieu. Cependant, elle n'était pas mécontente d'avoir vécu cette escapade, et la fuite dans le fourgon de la police n'en était pas l'épisode le moins piquant.

Tilda était si profondément plongée dans ses pensées qu'elle n'entendit pas ce que Mme Sturdel lui disait.

— Il sera ainsi plus à son aise.

— Plus à son aise ? demanda Tilda.

— Oui, j'étais en train de vous dire que je lui avais mis une chemise de nuit de mon mari. Cela peut vous sembler étrange de les avoir gardées après cinq ans de veuvage, mais j'ai toujours attaché de l'importance aux souvenirs. Et, ce soir, en revenant du village, je vous en apporterai une.

— Mais pourquoi ne pas me donner une des vôtres ?

— La jeune femme qui attend un bébé est à peu près de votre taille. Je lui en emprunterai une sous le prétexte de la réparer. Je veux que vous soyez belle pour votre mari.

— Je vous remercie beaucoup, dit Tilda.

— Je dois partir maintenant. Si votre mari a faim, vous pouvez lui donner quelque chose de léger, des œufs, par exemple. Vous les trouverez dans le garde-manger.

— Merci encore, dit Tilda. Rentrerez-vous ce soir ?

— Je serai là à 6 heures pour nourrir mes volailles.

— Mais comment allons-nous faire pour la nuit ? Nous ne voudrions pas vous priver de votre lit.

— Je passerai probablement la nuit chez ma patiente, car le bébé peut naître d'un moment à l'autre. Mais vous savez comment vont les choses. Le bébé peut n'arriver que dans une semaine. (Elle ajouta, sur un ton confidentiel :) La maman n'est pas très robuste, c'est une Alsacienne. Elle n'ont pas notre santé mais j'espère tout de même que tout se passera bien.

Elle prit son panier et continua :

— Quoi qu'il en soit, ce ne sera pas ma faute... Soyez prudente, fermez la porte au verrou après mon départ.

— Je le ferai, dit Tilda.

Elle regarda la bonne Mme Sturdel s'éloigner de son pas lent sur le sentier qui conduisait au village.

La maison de la sage-femme était à flanc de colline, très isolée.

Cela rassurait Tilda qui pensait ainsi ne pas être dérangée. Dans le village, chacun était au courant des déplacements de l'autre et une fois Mme Sturdel de retour auprès de sa patiente, tous sauraient où la trouver.

Elle poussa donc le verrou et se rendit dans la chambre. Rudolf dormait toujours. Il semblait étonnamment jeune et séduisant dans cette chemise de nuit blanche qui contrastait avec sa peau mate.

Tilda demeura immobile à le contempler. Comment aurait-elle pu croire, en le voyant hier poursuivre Mitzi dans les bois, qu'il serait aujourd'hui avec elle, sous le même toit, dans un chalet isolé dans la montagne.

Elle le revoyait étreignant Mitzi et lui donnant un baiser passionné. Il lui semblait, à ce moment-là, qu'il était l'homme le plus séduisant qu'elle eût jamais vu.

Pourtant, elle n'en savait toujours pas plus sur lui, bien qu'ils eussent passé la nuit dans le même lit !

Que dirait la princesse Priscilla, sa mère, si elle apprenait cela ? Elle voyait déjà l'expression outragée sur son visage et entendait ses exclamations d'horreur.

Tilda ne put s'empêcher de sourire en y songeant. Cette situation était incroyable et inattendue; et pourtant tellement plus douce que les commentaires amers de ses cousins royaux au fond de leurs palais glacés et les propos acides de lady Crewkerne.

« Quoi qu'il arrive dans l'avenir, se dit Tilda, il faut que je me souvienne de cette aventure ! De cette aventure et de Rudolf ! »

5

Tilda, épuisée par cette journée, alla s'étendre et laissa son esprit vagabonder. Elle se demandait combien de temps ils devraient demeurer dans le chalet de Mme Sturdel et par quels moyens ils rentreraient à Munich lorsque le calme y serait revenu.

Elle s'étonnait d'avoir en si peu de temps changé d'univers et d'identité. Elle n'était plus maintenant lady Victoria Tetherton-Smythe, mais Mme Weber. Elle était devenue en une journée une personne ordinaire et avait presque oublié son futur mariage royal, avec un homme sur lequel couraient d'étranges propos.

En ouvrant les yeux, elle s'aperçut que le visage de Rudolf était à quelques centimètres à peine du sien. Il venait de s'éveiller.

Il promena sur le visage de Tilda un regard étonné et demanda d'une voix qu'il s'efforça de rendre intelligible :

— Que faites-vous ici ? Qu'est-il arrivé ?

Comme elle se préparait à répondre, elle se rendit compte qu'ils étaient dans le même lit, et qu'elle ne portait que la mince chemise de flanelle que Mme Sturdel lui avait apportée la veille, comme elle l'avait promis.

— Je... je vais vous expliquer, dit-elle avec embarras.

— Je me souviens maintenant, dit Rudolf. J'étais blessé à la jambe, et vous m'avez donné un calmant.

— Ce n'est pas ma faute si vous en avez trop pris, rétorqua Tilda.

— En ai-je trop pris ? demanda-t-il.

— Vous avez dormi hier toute la journée; c'est la nuit précédente que nous avons réussi à échapper à la police.

Il essaya de se tourner sur le côté, mais ne put réprimer un cri de douleur.

— Soyez prudent, dit Tilda avec empressement. La balle n'a pas pénétré, mais votre blessure doit être très douloureuse.

Il se redressa tant bien que mal et fit un dossier de ses oreillers.

— Serait-ce indiscret de vous demander ce que vous faites avec moi dans ce lit ?

Tilda devint pourpre.

— Je n'ai pas trouvé d'autre endroit où passer la nuit... et puis... vous étiez presque sans connaissance.

— Vous ne pensez tout de même pas que je suis assez mufle pour me plaindre de cette situation ! dit-il.

— D'autre part, ajouta Tilda, comme si tous les mots lui venaient en même temps, Mme Sturdel croit que nous sommes mari et femme.

— Je pense que vous devriez commencer

par le début, et me dire qui est Mme Sturdel.

— C'est la propriétaire de cette maison et la sage-femme du village. C'est ce qui explique que j'ai trouvé tous les pansements dans la cuisine.

Rudolf porta la main à son front.

— Je crois que ce laudanum me rend vraiment stupide. Je suppose qu'il n'est pas possible d'avoir un peu de café ?

— Je vais vous en faire, répondit Tilda, mais à condition que vous fermiez les yeux.

— Peut-être pouvez-vous m'expliquer pourquoi vous y mettez cette condition ? Comme je vous l'ai dit, je ne me sens pas l'esprit très vif ce matin.

— Je... je ne suis pas... habillée, bégaya Tilda d'une petite voix. Mme Sturdel m'a apporté hier soir une chemise de nuit, et il a bien fallu que je la mette. (Elle fit une pause, puis continua sur un ton timide :) D'autre part, je ne trouvais pas agréable de dormir... dans mes vêtements de jour.

— Tout cela me semble louable, dit Rudolf, et si j'ai bien compris, je dois m'engager à rendre hommage à cette pudeur en fermant les yeux.

— Je m'habillerai dans la cuisine, et vous apporterai votre café.

Elle s'assit sur le lit.

— Vos yeux sont-ils fermés maintenant ?

— Je ne vois plus rien.

Tilda se glissa hors du lit et, saisissant au passage ses vêtements sur une chaise, entra

103

dans la cuisine et s'y enferma. La cuisinière était presque éteinte, mais il subsistait assez de braises pour qu'elle n'ait pas à rallumer. Elle avait apporté la veille une bonne provision de bûches qui lui permit de remplir le foyer. Le bois crépitait déjà dans la chaleur des flammes et pendant qu'elle faisait sa toilette, l'eau du café chauffait.

Elle se débarbouilla à l'eau froide, puis se tourna vers la glace qui pendait au mur, pour se coiffer.

Ses cheveux descendaient en ondulations souples de part et d'autre de son visage. Elle les ramena en arrière pour dégager ses oreilles et les épingla.

Quand le café fut prêt, elle le versa dans une charmante petite cafetière de porcelaine, y joignit une tasse et prit le sucre dans le placard.

Elle plaça le tout sur un plateau et l'apporta dans la chambre. Rudolf s'était assis dans son lit, bien calé contre ses oreillers. Elle déposa le plateau sur le lit, et ouvrit grand les rideaux. Le soleil inonda la pièce, embrasant sa chevelure blonde.

— Je vois que vous êtes une ménagère accomplie, remarqua Rudolf. Comme vous avez déclaré que nous étions mariés, peut-être pourrez-vous me dire « notre » nom.

— C'est Weber, dit-elle en hésitant un peu.

Rudolf éclata de rire.

— Ce n'est guère original, commenta-t-il.

— C'est le premier nom qui m'est venu à

l'esprit. D'ailleurs, ce choix me semble très judicieux pour des gens qui veulent être vite oubliés.

— Avez-vous dit à notre hôtesse que nous étions recherchés par la police ?

— Oui, elle a très bien compris notre situation, et ne nous trahira pas. Naturellement nous de devrons pas trop prolonger notre séjour ici.

— Certainement pas, affirma Rudolf. A-t-elle dit quand je pourrai marcher convenablement ?

— Je ne le lui ai pas demandé, mais c'est une infirmière pleine d'expérience, et elle ne nous laissera partir que si vous êtes tout à fait remis.

— Comment vont les choses à Munich ?

— Mme Sturdel disait, hier soir, que les émeutes n'ont pas cessé et que les étudiants ont mis le feu à quelques immeubles.

— Ce n'est pas une perspective encourageante pour notre retour !

— Je sais, dit Tilda d'un air préoccupé. Mon Dieu ! Que vont-ils penser de moi ? Que vont-ils imaginer ?

— Me direz-vous enfin qui sont ces « ils » ? demanda Rudolf.

Tilda réfléchit un instant, car elle devait faire très attention à ce qu'elle allait dire.

— Comme je vous l'ai dit, commença-t-elle, j'étais avec mon oncle dans cette taverne. Lorsque j'ai saisi votre main, je pensais que c'était la sienne...

— Et j'ai cru aussi que vous étiez quelqu'un d'autre, dit Rudolf.

— Mitzi ! lança Tilda presque malgré elle.

— Mitzi ? répéta Rudolf. Que savez-vous de Mitzi ?

— Je... je vous ai vus entrer dans la taverne lorsque mon oncle prenait les billets... et j'ai entendu quelqu'un prononcer... son nom.

Cela semblait à Tilda une explication bien maladroite, mais Rudolf parut s'en contenter et sourit.

— Tout le monde connaît Mitzi, dit-il. Je ne suis pas inquiet sur son sort, les étudiants ne lui feront aucun mal.

— Qui est-elle ? demanda Tilda.

— Vous ne la connaissez pas ?

Tilda fit non de la tête.

— C'est l'artiste de music-hall la plus populaire de Bavière, elle a beaucoup d'admirateurs.

Tilda pensa qu'en effet Mitzi était belle et méritait tous les hommages. D'autre part, elle craignait un peu que Rudolf regrettât d'avoir lâché la main de l'éblouissante artiste, pour celle d'une petite Anglaise inconnue.

— Elle est très jolie, dit Tilda.

— Très, admit Rudolf, mais occupons-nous plutôt de votre problème. Que pensez-vous que votre oncle va faire ?

Tilda avait déjà beaucoup pensé à cela. Sans doute le professeur et lady Crewkerne n'iraient pas se renseigner à la police, car ce serait alors provoquer un scandale.

— Je suis sûr « qu'ils » vont être très inquiets, dit Rudolf, bien que vous ne m'ayez pas encore dit qui « ils » sont.

— C'est mon oncle, et... une autre parente qui voyage avec nous.

— Et votre époux ? demanda-t-il.

Il lut l'étonnement dans les yeux de Tilda et crut bon d'ajouter :

— Je vois que vous portez une alliance.

— Non, ce n'est pas une alliance, précisa Tilda. Je suis seulement fiancée.

— A un Bavarois ?

Tilda fit oui de la tête. C'était une réponse vague et la Bavière était un grand pays.

— Et... ne va-t-il pas s'inquiéter de votre disparition ?

— Il ne devrait pas... l'apprendre, dit Tilda avec hésitation. Il n'est pas encore arrivé à Munich.

— Parlez-moi de lui, insista Rudolf. Êtes-vous très amoureux l'un de l'autre ?

— Je ne l'ai pas encore vu.

Il y eut un instant de silence au terme duquel Rudolf reprit avec stupéfaction :

— Vous ne l'avez jamais vu ?

— Non, confessa Tilda qui ne se sentait pas très à l'aise, notre mariage a été... arrangé.

— J'aurais pensé que cela n'était pas nécessaire.

— Pas nécessaire ?

107

— Une jeune fille comme vous doit avoir des douzaines d'admirateurs, mais sans aucun doute ce mariage de convenance doit présenter quelques avantages pour vous.

— Sans aucun doute, confirma-t-elle.

Le tour que prenait la conversation l'agaçait. Elle lança vivement :

— Laissez-moi vous verser une autre tasse de café. La première vous a-t-elle éclairci les idées ?

— Certainement, répondit-il, je me sens un peu moins idiot.

— Je voudrais vous préparer des œufs et des toasts, mais je crois qu'il serait impoli de le faire avant l'arrivée de Mme Sturdel et sans sa permission.

— Mais je peux attendre, répondit Rudolf. Tout ce que j'espère, c'est qu'elle pourra me procurer un rasoir car ma barbe pousse très vite.

— Je suis sûre qu'elle a conservé celui de son défunt mari. Je vais mettre de l'eau à bouillir car je crois qu'elle ne va pas tarder.

Elle avait déjà la main sur la poignée de la porte, quand Rudolf demanda :

— Quel est votre nom ? Votre vrai nom ?

Une fois de plus, Tilda devait réfléchir très vite.

— Hyde, dit-elle, et cela s'écrit avec un Y !

— Je ne l'oublierai pas quand je vous écrirai.

Elle sourit et le laissa pour aller remplir la bouilloire.

Mme Sturdel entra, faisant pénétrer dans la pièce un souffle d'air froid.

— Ainsi vous êtes réveillé, jeune homme, lança-t-elle à Rudolf sur un ton enjoué. Il était temps d'ailleurs. Je pensais que vous alliez dormir pour le reste de vos jours.

— Je vous remercie, en tout cas, de m'avoir procuré un si bon lit. Mon épouse et moi-même vous en sommes reconnaissants.

Tilda remarqua avec plaisir que Rudolf ne manquait pas de courtoisie.

— Maintenant, vous allez faire cuire les œufs, dit-elle à Tilda. Pendant ce temps, je vais arranger le lit de votre mari.

De la cuisine, Tilda les entendait rire et deviser. Mme Sturdel changea aussi le pansement de Rudolf et lui donna le rasoir de son mari.

— Vous avez de la chance d'avoir un mari comme celui-là. Il est fort comme un cheval ! Sa blessure va mieux et se cicatrise convenablement. Bien sûr, il voulait se lever, mais je le lui ai formellement interdit.

Tilda la regardait et ne semblait pas comprendre.

— Je ne voudrais pas que sa blessure recommence à saigner, continua-t-elle. Ces jeunes gens sont trop impatients. Il faut laisser à une blessure le temps de se cicatriser.

— Avez-vous des nouvelles des émeutes de Munich ? demanda Tilda.

— Le mari de ma patiente travaille à la

poste du village, où ils sont en communication avec Munich. Ils disent que les choses commencent seulement à se calmer.

— Personne n'a posé de questions sur nous dans le village ? demanda Tilda avec anxiété.

— Personne ne sait que vous êtes chez moi, et le seul policier chargé de la surveillance du village habite à trois kilomètres d'ici.

Tilda poussa un soupir de soulagement.

— J'ai rapporté quelques provisions pour le déjeuner. Il y a une excellente viande de bœuf que votre mari appréciera sans doute, une fois les effets du laudanum dissipés. Faites-la cuire lentement, ce sera meilleur.

— C'est entendu, répondit Tilda.

— Je serai de retour dans l'après-midi. Surveillez votre mari et empêchez-le de se lever. (Elle enfila son manteau et prit son panier.) Ne soyez pas inquiète, je pense qu'en mon absence personne ne sonnera à la porte.

— Je l'espère, dit Tilda.

Une fois encore, elle regarda Mme Sturdel s'éloigner sur le sentier. Elle emplit une cruche d'eau à la pompe, puis rentra et tira le verrou derrière elle. Elle retrouva Rudolf lavé et rasé. Il était plus séduisant que jamais.

La chambre était inondée de soleil et Tilda avait la sensation de se trouver très loin de tous les événements qu'elle venait de vivre, dans un monde où tout était beauté et sérénité.

— Venez bavarder avec moi, dit Rudolf. Je m'ennuie.

— De quoi voulez-vous que nous parlions ? demanda-t-elle avec une nervosité mal dissimulée.

— De vous, pour commencer. Je voudrais que vous me parliez de votre vie. Cet homme auquel vous êtes promise, que savez-vous de lui ?

— Très peu de chose, dit Tilda en toute sincérité. Mes parents pensent qu'il est pour moi le mari qui convient et je ne puis qu'obéir.

— Mais qu'arrivera-t-il s'il ne vous plaît pas, quand vous le verrez ?

Tilda respira profondément et son visage, à ces mots, prit une expression inquiète.

— Je crois que... je n'aurai rien à dire.

— J'estime que les mariages de convenance sont une pratique barbare. Un homme et une femme devraient être libres de choisir leur partenaire avant de s'unir pour la vie.

Il prononça ces mots avec une telle conviction que Tilda se crut obligée de demander :

— Êtes-vous marié ?

— Non.

— Pourquoi ?

— Il y a plusieurs raisons à cela, mais avant tout, parce qu'un homme profite mieux de la vie quand il est célibataire.

— Profite mieux de la vie ? Vous voulez dire, je suppose, qu'il peut connaître plusieurs femmes plutôt que d'être fidèle à une seule ?

— Je dirais que c'est presque cela, admit Rudolf.

— Voudriez-vous... avez-vous l'intention d'épouser Mitzi ?

— Dieu merci, non !

Il dit cela avec beaucoup de sincérité et Tilda sentit une grande joie monter en elle, une sensation nouvelle, qu'elle n'avait encore jamais éprouvée.

— Pourquoi ne l'épouseriez-vous pas ? demanda-t-elle.

Rudolf hésita un moment, puis répondit :

— Personne n'épouse Mitzi, si belle et séduisante qu'elle puisse être.

— Mais vous aimez être en sa compagnie ?

Rudolf la regarda d'un air un peu inquiet.

— N'allez-vous pas un peu loin dans vos suppositions, et cela parce que vous nous avez vus pénétrer ensemble dans la taverne ? Nous allions simplement dîner en tête à tête. Que voulez-vous dire ?

— Rien de précis. J'essaie seulement de comprendre. Je n'avais jamais vu une femme comme Mitzi.

— Je suppose qu'en Angleterre vous aviez une vie assez austère et qu'une soirée passée dans une taverne vous semblait, a priori, excentrique.

— Au contraire... c'est moi qui ai persuadé mon oncle de m'y emmener.

— Je suppose alors que vous l'avez poussé à bout et qu'il n'a pas pu refuser. Les Anglais sont en général trop guindés pour s'amuser dans de tels endroits.

— C'était très gai et je m'amusais beaucoup, jusqu'à l'arrivée des étudiants.

— Qui aurait pu imaginer alors que les choses s'aggraveraient à ce point et que nous nous trouverions dans cette situation.

— Pensez-vous que la police soit toujours à notre recherche ?

— Espérons que non ! A l'heure qu'il est, ils doivent avoir retrouvé la voiture, et nous ne pouvons que prier pour qu'ils nous oublient.

— Et supposez qu'ils continuent à nous chercher ?

— Nous avons déjà échappé à de nombreux périls, et nous saurons faire face.

— J'ai trouvé très adroite la façon dont vous avez réussi à nous éviter d'être conduits au poste pour...

— Pour un interrogatoire, acheva Rudolf.

— Il peut vous sembler impertinent que je vous questionne là-dessus et, dans ce cas, vous pouvez ne pas me répondre, mais... de quoi êtes-vous coupable ?

— Qu'allez-vous imaginer ? Que je suis un pilleur de banques, un voleur de bijoux, un anarchiste ?

— Non, certainement pas, rien de tout cela, mais je ne cesse de me demander pourquoi vous redoutez tant la police.

— Sans doute ma principale faute est-elle de m'être absenté sans permission.
— Êtes-vous soldat ?
Il fit oui de la tête.
— Mais pas... déserteur ?
— Non, bien sûr, je fais l'école buissonnière tout simplement. C'est une chose très mal vue par le gouvernement de mon pays.

« C'est exactement ce que j'ai fait moi-même ! » pensa Tilda.

Elle se sentait apaisée de savoir que la faute de Rudolf n'était pas plus grave.

Pendant la nuit, elle avait rêvé qu'elle pouvait avoir rencontré en la personne de Rudolf un être dangereux, capable de l'entraîner dans une situation bien plus dramatique. Dieu merci, il n'en était rien.

Tilda sentit le regard de Rudolf se poser sur elle.

— Alors, êtes-vous rassurée, maintenant ? Vous voyez que ce n'est rien de grave. Vous auriez pu, en effet, devenir la complice de quelque meurtrier ou de quelque étrangleur.

— Mais je n'ai jamais pensé que vous étiez un criminel ! dit Tilda.

— C'est vrai ? Pendant les émeutes et notre course dans la campagne, nous n'avions qu'une préoccupation : sauver notre peau, répondit-il en riant. J'aurais voulu voir la tête des policiers, sur la place, quand ils ont vu disparaître le fourgon. Cela leur apprendra à être plus prudents dans l'avenir.

— Ils ont eu leur revanche en vous blessant à la jambe.

— C'était entièrement ma faute, dit-il. Si je m'étais souvenu qu'il y aurait des barrages sur la route, nous aurions pu tourner bien avant dans un petit chemin et leur échapper.

— Nous avons quand même eu beaucoup de chance !

— En effet, dit-il, beaucoup de chance.

Il regardait Tilda qui était en train de préparer le repas.

— Votre mari n'aura pas à se plaindre de la cuisine que vous lui ferez.

Elle pensait aux médiocres repas qu'on lui avait servis dans les châteaux de ses parents et se demandait si, une fois à la cour d'Obernie, elle pourrait confectionner les plats qu'elle aimait. Sans doute le protocole lui interdirait-il de pénétrer dans les cuisines du palais, mais le prince Maximilien, monarque jeune et progressiste, pourrait passer outre et lui accorder cette permission.

— A quoi pensez-vous ? demanda brusquement Rudolf. Vous semblez préoccupée.

— J'étais en train de penser à mon avenir.

— Et cela vous inquiète ?

— Bien sûr ! Ne seriez-vous pas inquiet si vous deviez épouser quelqu'un que vous n'avez jamais vu ?

— Je suppose que ce que vous apportez dans cette union, c'est la fortune, et que votre époux apporte le nom.

Tilda sentit qu'il s'aventurait sur un terrain

dangereux. Elle commença nerveusement à rassembler les assiettes pour les emporter dans la cuisine et les laver.

Un moment plus tard, elle revint dans la chambre, craignant de nouvelles questions.

— Venez, Tilda. J'ai quelque chose à vous dire.

— Qu'avez-vous à me dire ?

— Venez vous asseoir auprès de moi.

Elle s'assit au bord du lit et tourna son visage vers lui. Rudolf prit sa main.

— Vous paraissez si frêle et si charmante que je n'arrive pas à imaginer que vous puissiez être malheureuse.

Tilda le regarda avec étonnement. Personne encore ne lui avait parlé d'une manière si douce et prévenante.

Elle sentait un frisson de bonheur la parcourir, et la main de Rudolf, qui étreignait la sienne avec chaleur, lui donnait confiance et courage.

— Mais ce n'est pas tout, continua Rudolf. Sachez que je suis inquiet de cette situation que nous partageons par la seule faute du hasard. Je ne voudrais pas que votre oncle et votre amie se méprennent sur la nature de nos rapports.

— Peut-être n'en sauront-ils jamais rien, dit Tilda.

— Pour nous, cela demeurera un secret, j'espère, mais lorsque vous rentrerez à Munich, il faudra bien que vous donniez des explications sur votre absence.

— Je crois que j'inventerai assez facilement.

Pour le moment, Tilda ne pouvait songer à autre chose qu'à la présence réconfortante de Rudolf, et la pression de sa main sur la sienne la rassurait.

— Nous reparlerons de cela le moment venu, reprit Rudolf. En attendant, nous continuerons à jouer le rôle du couple Weber. Je suis assez satisfait à l'idée d'avoir choisi une femme aussi charmante dans une obscurité totale !

— Le hasard aussi m'a bien servi en me permettant de rencontrer un homme aussi séduisant que vous !

— Merci. Mais je ne saurais trop vous conseiller de n'user de tels compliments qu'avec modération.

— Vous voulez dire... que j'ai eu tort de vous parler avec franchise ?

— Non, pas vraiment tort, mais vous n'auriez sans doute pas dit cela à un Anglais.

— Non, en effet. C'est sans doute parce que je n'en ai jamais rencontré un qui me plaise autant.

Rudolf étreignit sa main avec plus de force.

— Vous êtes adorable. Je suppose que beaucoup d'hommes vous l'ont déjà dit.

— Aucun ne m'a jamais dit quelque chose que je désirais vraiment entendre. Pensez-vous vraiment...

— Que vous êtes adorable ? Je ne crains pas de le répéter. Je n'aurais jamais imaginé qu'une Anglaise pût être aussi délicieuse, aussi jolie, aussi menue. Vous semblez sortie d'un conte de fées.

— Tout ce que vous me dites là est exquis, dit Tilda. Dites-vous des choses semblables à toutes les femmes que vous rencontrez? A Mitzi, par exemple?

— Vous posez aussi les questions les plus délicates. Je n'arrive pas à imaginer dans quel milieu vous avez pu être élevée.

— C'est sans doute grâce à l'éducation que j'ai reçue que je me sens capable de dire tout ce que je pense.

— Voyons, je vais essayer de deviner, dit Rudolf. Si vous étiez en Angleterre en ce moment, vous seriez en train de galoper dans un parc. Vous pourriez aller visiter *Cristal Parc* et vous seriez conviée pour ce soir à un bal donné par un élégant jeune homme en habit de soie.

Tilda éclata de rire.

— Comment connaissez-vous tous ces détails sur l'Angleterre?

— J'ai séjourné en Angleterre pendant ce qu'il est convenu d'appeler la saison londonienne, répondit Rudolf, et j'ai pu observer les « débutantes » descendant de leurs voitures, escortées par de sévères douairières qui les conduisaient au marché matrimonial.

— Le marché matrimonial? Que voulez-vous dire?

— Comment voulez-vous appeler cela quand des jeunes filles bien nées espèrent se faire épouser par le plus offrant ! En d'autres termes, l'homme le plus riche ou le plus titré.

Il y avait un soupçon de dédain dans le ton de Rudolf, ce qui mit Tilda mal à l'aise. Bien qu'elle n'ait pas connu cette situation elle-même, elle savait fort bien qu'il disait vrai.

— Cette aventure est assez pittoresque pour vous, continua-t-il. Sans doute épouserez-vous votre riche Bavarois et tâcherez d'oublier ces jours coupables, passés avec moi dans un chalet perdu.

— Sachez que je n'oublierai jamais les moments vécus ensemble.

— En êtes-vous sûre ?

— Absolument sûre.

Au moment où elle disait cela, leurs yeux se rencontrèrent ; sans comprendre pourquoi, elle ne put soutenir l'intensité du regard de Rudolf.

Leur conversation se prolongea assez tard dans l'après-midi. Tous deux aimaient la musique et Rudolf parla de l'énorme succès que Wagner avait rencontré en Bavière.

Ils avaient à peu près les mêmes lectures et discutèrent, entre autres sujets, de la théorie de l'évolution de Darwin.

Cependant, malgré tout ce qu'ils avaient en commun, leurs points de vue différaient parfois et ils se livrèrent à d'interminables joutes verbales.

Elle ne révéla pas tous ses secrets à Rudolf et, en contrepartie, elle eut l'impression que lui-même lui cachait certaines choses.

Malgré cela, elle n'avait jamais encore éprouvé autant de plaisir à échanger des opinions avec quelqu'un.

Mme Sturdel revint du village et Tilda constata avec surprise qu'il était déjà 6 heures.

— Je suppose que je ne vous ai pas beaucoup manqué, remarqua-t-elle avec un fin sourire. Comment va notre malade?

— Je suis tout à fait remis, répondit Rudolf.

— Ça, c'est à moi de le dire, répliqua Mme Sturdel.

Elle se mit en devoir de préparer des pansements neufs et confia à Tilda un certain nombre de tâches qui la contraindraient à rester hors de la chambre à l'extérieur de la maison, ou dans la cuisine.

Tilda devina que Rudolf avait demandé à Mme Sturdel de l'éloigner pendant que celle-ci le soignait.

« S'il pense que cela m'effraie, il se trompe! » se dit Tilda.

Mais, en même temps, elle se félicita de ne pas avoir à y assister. Elle n'avait pas oublié la laideur de la blessure lorsque, la première nuit, elle avait dû elle-même lui donner les premiers soins.

Mme Sturdel avait rapporté quelques provisions du village. Il y avait des tranches de viande et une bouteille de bière que Rudolf vida à lui seul.

Il la remercia de toutes ces bonnes choses.

— Je ne suis pas si vieille pour avoir oublié ce qui peut faire plaisir à un homme! répondit-elle.

— Pourquoi ne vous êtes-vous pas remariée? demanda Rudolf.

— Je n'ai pu trouver personne à ma convenance, répondit Mme Sturdel.

— Je parierais que n'importe quel homme dans le village est prêt à déposer son cœur à vos pieds.

— Allons donc, fit-elle en riant, tout en ne pouvant cacher que ce compliment l'avait flattée.

— Je dois repartir, dit Mme Sturdel quand ils eurent achevé leur repas.

— Le bébé n'est donc pas encore né? demanda Tilda.

— Non, il nous fait attendre. C'est pourquoi je suis maintenant convaincue que c'est une fille.

Elle franchit la porte et partit en direction du village.

Tilda poussa le verrou et retourna très vite vers la chambre.

Rudolf la regarda un long moment puis dit enfin :

— Qu'est-ce qui vous tourmente?

— Je... me demande où... je vais dormir cette nuit.

— Eh bien... où vous avez dormi la nuit dernière.

Elle rougit.

— Je pense que cela ne serait pas... convenable, maintenant que vous n'êtes plus sous l'effet du laudanum. Cependant, en y réfléchissant, je ne vois pas vraiment ce qu'il y aurait de mal !

— Je suis de votre avis, mais j'ai une meilleure solution.

— Vraiment ?

— Lorsque j'étais en Suède, on m'a parlé d'une étrange coutume qui faisait la joie des fiancés.

— De quoi s'agit-il ? demanda Tilda.

— Comme vous le savez, c'est un pays où il fait très froid l'hiver et il n'y a en général, dans les maisons, qu'un seul poêle dans la pièce principale. Alors, si les fiancés veulent être seuls, et s'il fait trop froid dans leurs chambres respectives, ils dorment dans le même lit pour ne pas claquer des dents.

— Dans le même lit ! s'exclama Tilda.

— Oui, mais on prend soin de pratiquer dans le milieu du lit une séparation avec un traversin, afin que les convenances soient respectées.

— Cela est très curieux, en effet...

— Curieux ou pas, cela me semble être la solution au problème qui nous occupe. Vous pouvez utiliser le traversin sur lequel j'ai dormi. Si vous le placez au centre du lit, je peux vous assurer que nous aurons trouvé là le chaperon le plus efficace !

— Cela me semble assez... raisonnable, dit Tilda.

— Mais c'est raisonnable, reprit Rudolf. Je pourrais bien sûr dormir sur une chaise, mais ce ne serait pas très confortable. Je crois qu'il n'y a pas d'autre choix.

— Pas d'autre, en effet, admit Tilda.

Elle disposa le traversin au centre du lit et ajouta :

— Je me déshabillerai dans la cuisine, mais fermerez-vous les yeux comme vous l'avez fait ce matin ?

— Bien sûr !

— Vous me le promettez ?

— Parole de soldat !

— Je ne trouve pas cela bien convaincant. Qui est le saint patron de l'Obernie ?

— Il y en a plusieurs, répondit Rudolf. Saint Gerhardt est, je crois, le plus vénéré.

— Je n'ai jamais entendu parler de lui. Qu'a-t-il fait de remarquable ?

— Il a fort bien commencé en tuant quelques dragons et en méritant la main d'une princesse. Ensuite, les choses se sont gâtées.

— Comment cela ?

— Il abandonna son château, sa femme, ses enfants, et mena une vie d'errant, revêtu de l'habit monastique et cherchant les restes de la vraie Croix.

— Je suppose qu'il voulait devenir saint ?

— J'appellerais cela une excuse habile pour fuir ses responsabilités, dit Rudolf, mais je peux vous recommander à lui, si cela vous fait plaisir.

— Nous devons trouver un gage au cas où

vous ne respecteriez pas votre promesse, dit Tilda en souriant.

— Que suggérez-vous ?

— Que redoutez-vous le plus au monde de perdre ou d'abandonner ?

— Le vin, les filles et les chansons, je crois. Bien que pour les chansons, je ne sois pas très exigeant.

— Très bien. Maintenant, voulez-vous répéter après moi : saint Gerhardt, si je trahis ma promesse, ni vin, ni filles jusqu'à mon dernier jour !

— C'est bien trop sévère ! protesta Rudolf.

— Alors, que proposez-vous ?

Il réfléchit un moment, puis dit enfin :

— Saint Gerhardt, si jamais je trahis mon serment, une femme seulement !

— Je m'attendais à cela. Mais vous rendez-vous compte que vous seriez enchaîné à cette femme par les liens du mariage et qu'il n'y aurait plus jamais de Mitzi, plus jamais d'autres filles ? Vous devriez bien sagement passer toutes vos soirées chez vous, auprès de votre épouse.

Elle rit et rencontra par hasard son regard. Alors, à cet instant, le rire s'éteignit sur ses lèvres.

Sans comprendre pourquoi, elle fut comme paralysée.

— Cela dépendra de la femme que j'épouserai ! dit Rudolf en la regardant intensément.

6

Tilda aidait Mme Sturdel à laver la vaisselle du petit déjeuner. Elles étaient un peu en retard, car elle avait passé un long moment à rire et à plaisanter avec Rudolf.

— Je pense que le bébé naîtra ce matin, dit Mme Sturdel.

— En êtes-vous sûre ? demanda Tilda.

— Autant qu'on peut l'être avec les bébés. Ils nous réservent souvent des surprises !

Tilda sourit.

Elle posa le plat qu'elle venait d'essuyer et en regardant par la fenêtre poussa un petit cri de surprise.

— Madame Sturdel ! s'écria-t-elle.

— Qu'y a-t-il ?

— Regardez !

Deux policiers en uniforme se dirigeaient vers la maison.

— C'est le sergent du canton accompagné de notre brigadier de police, dit-elle.

— Qu'allons-nous faire ? Où allons-nous nous cacher ? demanda Tilda d'une voix angoissée.

Mme Sturdel traversa la cuisine, mit le verrou à la porte d'entrée et chuchota à Tilda :

— Vite, allez dans la chambre.

Tilda obéit et, en la voyant entrer précipitamment, Rudolf la considéra avec étonnement.

— Il y a deux policiers qui approchent de la maison, lui dit-elle tout bas.

Mme Sturdel se dirigea vers la garde-robe.

— Mettez-vous tous les deux au centre du lit, ordonna-t-elle.

Tilda la regarda étonnée, mais Rudolf, qui semblait avoir compris, obéit aussitôt à l'ordre. Après avoir hésité quelques secondes, Tilda retira la couverture et s'étendit auprès de lui.

De la garde-robe, Mme Sturdel sortit une couverture très épaisse, qui se révéla immense lorsqu'elle la déplia. Tilda tremblait un peu, car elle ne s'était encore jamais trouvée dans un lit aussi près d'un homme.

Mme Sturdel les recouvrit tous deux de l'immense couverture.

Tilda comprit alors qu'ils se trouvaient dans la partie plus creuse du sommier, et qu'une fois la couverture posée sur eux, il n'y avait plus aucun signe de leur présence.

Comme Mme Sturdel achevait de disposer la couverture, on frappa à la porte.

— Ne bougez plus ! murmura-t-elle.

Elle se dirigea vers la porte d'entrée, laissant celle de la chambre entrouverte : elle voulait ainsi montrer qu'elle n'avait rien à cacher.

Rudolf et Tilda l'entendirent ouvrir le verrou et dire d'un ton de surprise :

— Bonjour, brigadier.
— Bonjour, madame Sturdel, répondit une voix d'homme.
— Vous désirez me voir ?
— Oui, madame, répondit le policier. Je me suis fait accompagner par mon supérieur qui désire vous poser quelques questions.
— Et... quelles sont ces questions ?
— Je suis en train de faire une enquête, dit le sergent, sur deux étudiants qui, il y a trois jours, ont dérobé un fourgon de police à Munich.
— Un fourgon de police ! s'exclama-t-elle, ce n'est pas une chose à faire.
— Ils l'ont volé pour s'enfuir, expliqua le sergent. C'est un grave délit, et les policiers qui avaient la responsabilité de la voiture ont été sévèrement réprimandés.
— Je comprends cela, sergent, mais je peux vous donner l'assurance qu'il n'y a aucun fourgon dans le village.
— Le fourgon a été retrouvé, mais les deux étudiants se sont enfuis.
— Nous sommes loin de Munich, sergent.
— Ils ont été vus pour la dernière fois à l'ouest du village, en train d'escalader les collines. Des coups de feu ont été tirés dans leur direction, mais ne semblent pas les avoir atteints.
— S'ils n'ont pas été touchés, dit Mme Sturdel, je suppose qu'ils doivent être loin à l'heure qu'il est.
— C'est précisément ce que je disais, inter-

rompit le brigadier, mais le sergent a insisté pour vous demander si vous n'auriez pas aperçu ces jeunes gens.

— Deux hommes? demanda Mme Sturdel.

— Les policiers qui ont tiré sur eux ont indiqué, sans en être certains, qu'il s'agissait d'un homme et d'une femme. Mais je vois bien que vous ne pourrez pas nous aider dans notre enquête.

— J'ai bien peur que non, fit-elle en poussant un léger soupir. Mais si j'apprenais quelque chose, je prendrais contact avec le sergent, à moins que...

Elle s'interrompit un instant.

— A moins que vous désiriez fouiller ma maison? Comme vous pouvez le voir, elle n'est pas très grande, et il serait difficile d'y cacher quelqu'un.

— Je vois, en effet, dit le sergent, et je vous prie d'accepter nos excuses, pour vous avoir dérangée alors que vous donnez tout votre temps, nous le savons, à une jeune femme sur le point d'accoucher.

— C'est vrai, dit-elle, mais le bébé nous fait beaucoup attendre, comme s'il hésitait à faire son entrée dans le monde.

— Peut-être n'a-t-il aucune envie de devenir manifestant lorsqu'il sera étudiant! suggéra le brigadier qui ne put s'empêcher de rire de sa propre plaisanterie.

— Ah, brigadier, vous avez toujours eu de l'esprit! s'exclama Mme Sturdel. Mais si je devais parier, je mettrai ma mise sur la venue d'une fille.

— Nous ne voulons pas vous retarder plus longtemps, madame, dit avec froideur le sergent, qui tenait à mettre un terme aux bons mots du brigadier. Je continuerai mon enquête chez le prêtre, ensuite j'irai dans le village voisin.

— J'espère que vous aurez plus de chance que vous n'en avez eu chez moi, sergent.

— Merci beaucoup, dit-il. Bonne journée, madame Sturdel.

— Bonne journée, sergent, bonne journée, brigadier, répondit-elle.

Tilda, le visage contre l'épaule de Rudolf, se sentit rassurée. Il lui semblait que cette conversation ne s'achèverait jamais. La police était partie, ils étaient sauvés !

Aucun d'eux n'avait bougé après que Mme Sturdel les eut dissimulés sous l'immense couverture.

Maintenant, le bras de Rudolf étreignait Tilda un peu plus fort.

Ils entendirent Mme Sturdel refermer la porte, et Tilda poussa un profond soupir de soulagement.

— Une fois encore, nous leur avons échappé, dit-elle en relevant la tête dans l'obscurité.

Rudolf dut bouger à ce moment-là, car leurs visages se frôlèrent et soudain leurs lèvres s'unirent.

D'abord, Tilda ne ressentit que de la surprise et puis, alors que le contact de leurs lèvres se prolongeait, une douce extase s'empara d'elle.

C'était comme un éclair qui traversait tout son être et embrasait sa chair. C'était ce qu'elle désirait, au plus profond d'elle-même, depuis le jour où elle avait vu Rudolf embrasser Mitzi dans les bois.

Cependant ce qu'elle avait alors imaginé n'avait rien de comparable avec ce qu'elle éprouvait maintenant.

Elle oublia tout, le danger qu'ils venaient de côtoyer, les événements de Munich... Rien d'autre n'existait au monde qu'eux-mêmes et que le baiser passionné qu'ils venaient d'échanger.

Pour Tilda, il fut presque douloureux de détacher ses lèvres de celles de Rudolf au moment où Mme Sturdel retira la couverture.

— Nous l'avons échappé belle! s'exclama-t-elle. J'ai eu très peur que ce fouineur de brigadier veuille inspecter le placard et y trouve vos vêtements.

Tilda n'avait aucune envie de se libérer de l'étreinte de Rudolf, mais celui-ci retira son bras, et elle put se lever pour aider Mme Sturdel à plier la couverture.

— Je ne pensais pas que cette couverture serait utile un jour. Elle me vient de ma grand-mère.

— Nous ne pouvons que la bénir! dit Rudolf.

— Après tous les soucis que vous m'avez donnés, je ne pouvais pas vous livrer à la police, dit-elle en riant.

— Comment pourrons-nous jamais vous remercier ? demanda Rudolf.

— En me laissant à l'écart de vos ennuis, répondit-elle. (Elle jeta un coup d'œil à la pendule et ajouta :) Il faut que je me dépêche, sans quoi, ils vont venir me chercher ici. Je serai de retour ce soir à l'heure habituelle. Au revoir, mes enfants.

Elle se dirigea vers la cuisine, puis s'arrêta.

— Madame Weber, dit-elle, vous déposerez la viande que je vous ai apportée dans le garde-manger, pour la mettre hors de portée des mouches.

— Comptez sur moi, répondit Tilda.

Elle suivit Mme Sturdel dans la cuisine pour faire ce que celle-ci avait demandé. Avant qu'elle eût achevé, la vieille dame était déjà en bas de la colline.

Tilda retourna dans la chambre. Rudolf se tenait assis de la façon habituelle, appuyé contre ses oreillers. Leurs regards se rencontrèrent et Tilda le considéra un long moment, le visage illuminé de joie. Puis elle s'élança vers lui, les bras tendus :

— Rudolf, Rudolf, murmura-t-elle.

Elle désirait, comme jamais elle n'avait désiré quelque chose, qu'il l'embrassât une seconde fois. Elle aurait voulu qu'il la prît dans ses bras, mais il l'arrêta dans son élan, et elle se retrouva assise sur le bord du lit, face à lui.

— C'était une erreur, Tilda! dit-il à voix basse. Il faut oublier tout cela.

— Oublier que vous m'avez embrassée?

— Oui.

— Mais c'était merveilleux! La chose la plus délicieuse que j'aie jamais ressentie. Pourquoi devrais-je l'oublier?

Il ne répondit rien. Un moment après, Tilda reprit d'une toute petite voix :

— Vous voulez dire... que vous n'aimez pas... m'embrasser?

— Non, bien sûr, ce n'est pas ce que je veux dire! s'exclama Rudolf. J'ai moi aussi ressenti cela comme quelque chose de merveilleux, mais je vous répète que cela ne devra plus jamais arriver.

— Pourquoi?... Je ne comprends pas.

Il prit sa main et la regarda, cherchant quelque chose à dire.

— Écoutez-moi, Tilda. Nous nous sommes rencontrés par hasard. Nous pouvons fort bien nous séparer dans quelques jours, et ne jamais nous revoir. Je ne voudrais pas faire à votre cœur une blessure qui serait peut-être longue à se cicatriser.

— Mais comment pourriez-vous me blesser? (Voyant qu'il ne répondait pas, Tilda murmura :) Je voudrais... que vous m'embrassiez encore une fois.

— Tilda, essayez d'être raisonnable!

— Qu'est-ce que cela peut faire? Personne

ne le saura. Pas plus qu'ils ne sauront que nous avons dormi ensemble dans le même lit.

— Ce n'est pas aussi simple que cela.

— Pourquoi ? Je ne comprends pas. Vous embrassez bien d'autres femmes. Pourquoi pas... moi ?

— Je vais vous donner deux raisons essentielles.

— Lesquelles ?

— Premièrement, parce que vous êtes une jeune fille bien née.

« Pourquoi cet argument ? pensa Tilda. Pourquoi un hasard de naissance serait-il un obstacle entre nous ? »

Il continua :

— Êtes-vous déjà entrée dans une église en Bavière ?

Tilda le regarda avec surprise et répondit :

— Oui, bien sûr, nous en avons visité beaucoup. Elles sont belles, bien plus belles que celles que j'ai pu voir ailleurs.

— Avez-vous remarqué les sculptures ? demanda-t-il. Et avez-vous remarqué plus particulièrement les anges ?

— Mais bien sûr ! répondit Tilda. Il y en a partout ! Adorables, délicieux, voletant de tous côtés !

— C'est à eux que vous ressemblez ! Vous êtes un adorable et délicieux petit ange !

Il y avait tant de sérieux dans sa voix que Tilda le regarda en écarquillant les yeux.

Après un instant de silence, il ajouta :

— Aucun homme digne de ce nom n'a le droit de blesser un être aussi délicieux que vous.

— Suis-je vraiment comme eux ? demanda Tilda d'une voix timide.

— Je n'ai jamais connu quelqu'un qui réunisse tant de qualités : beauté, charme, douceur et délicatesse.

— Moi, je n'ai jamais rencontré un homme aussi... séduisant que vous. Vous m'avez dit que je ne devrais pas tenir de tels propos, mais comment résister au plaisir de dire ce que l'on ressent vraiment. Et pourquoi ne voulez-vous pas m'embrasser encore ?

— C'est ce que je suis en train de vous expliquer ! dit-il en souriant. Nous avons chacun notre vie à vivre. Vous êtes fiancée, et nous appartenons à deux mondes différents. Quand vous serez rentrée à Munich, nous ne nous reverrons probablement plus.

Ces mots pénétrèrent comme une lame d'acier dans le cœur de Tilda. Elle serra la main de Rudolf.

— Mais je veux continuer à vous voir, je veux rester avec vous.

— C'est aussi mon plus profond désir, mais c'est, hélas ! impossible.

— Alors... si nous devons nous séparer bientôt, pourquoi ne pas essayer d'être heureux pendant que nous avons la chance d'être ensemble ? Je vous en prie Rudolf... embrassez-moi encore une fois !

— Je vous ai dit non, répéta-t-il d'une voix

dure. Ne me poussez pas à bout, Tilda. Jusqu'ici je me suis efforcé de me conduire avec correction, mais n'oubliez pas que je suis un homme !

— Je ne comprends toujours pas votre attitude.

— Un jour, sans doute, vous comprendrez. Votre époux, j'espère, vous l'expliquera.

Tilda arracha sa main de celle de Rudolf et dit d'un air fâché :

— Vous parlez comme maman. J'en ai assez des gens qui refusent de répondre à mes questions : « Mon mari me dira ceci, mon mari me dira cela », supposez qu'il ne dise rien !

— Que vous a dit votre mère ?

Tilda regarda par la fenêtre et dit :

— J'ai demandé à maman, commença-t-elle, ce qui arrivait lorsqu'un homme... dormait dans le même lit... que son épouse.

— Et que vous a-t-elle répondu ?

— Elle m'a dit que mon mari m'expliquerait tout cela. Puis elle a ajouté quelque chose que je n'ai pas bien compris.

— Quoi donc ? demanda-t-il.

— « Votre mari pourra faire certaines choses qui vous sembleront déplaisantes, mais souvenez-vous que comme épouse, vous devez lui obéir. C'est la volonté de Dieu. »

La voix de Tilda s'éteignit progressivement, puis elle reprit :

— Que croyez-vous que sont ces choses déplaisantes ?

Rudolf s'était enfermé dans un mutisme complet.

— Je ne comprends pas pourquoi tous les gens sont si mystérieux, si secrets... lorsqu'il s'agit de l'amour et de l'homme que je dois épouser.

Rudolf respira profondément.

— Vous êtes si jeune et si innocente, ma douce, qu'il m'est difficile de vous aider. En fait, ce n'est pas à moi à vous aider.

— Pourquoi ? demanda Tilda. Quels sont ces secrets qui ne peuvent m'être révélés ?

Rudolf ne répondit pas.

Il regarda longuement le visage de Tilda et ses grands yeux bleus étonnés.

« C'est vrai, pensa-t-il, elle ressemble vraiment à un petit ange bien malheureux ! »

Il y avait, en effet, chez Tilda quelque chose d'éthéré et de céleste. Cependant, sous les traits de la jeune fille, on percevait déjà la femme coquette et enjôleuse.

Elle se leva.

— Très bien, dit-elle. Puisque vous ne voulez rien me dire, je finirai bien par trouver un jour quelqu'un qui m'éclairera. Je continuerai à interroger jusqu'à ce que j'obtienne une réponse.

— Votre mari vous la donnera, répondit Rudolf.

— J'en doute. Je suppose qu'il sera comme vous tous, disant que je suis trop jeune, trop stupide, trop jolie, trop laide, trop grande, trop petite et je ne sais quoi encore pour éviter de dire la vérité. Je ne savais pas que les hommes étaient aussi lâches.

Rudolf se mit à rire, presque malgré lui.

— Vous ressemblez tout à fait à un caniche aboyant après un bouledogue. J'ai le sentiment que vous avez dû connaître bien peu d'hommes.

— Je croyais que vous étiez différent de ceux que j'ai rencontrés, dit-elle en pensant aux quelques dandys qu'elle avait croisés dans les salons.

— J'ai bien peur de vous avoir déçue.

— C'est vrai, vous m'avez déçue.

Elle retourna vers la cuisine. Il lui semblait difficile de croire que Rudolf ne veuille pas lui donner le baiser qu'elle réclamait avec tant d'insistance, qu'il ne veuille pas lui apporter une fois encore cette sensation merveilleuse, cette onde de bonheur qui avait envahi tout son corps.

Elle soupira longuement et réfléchit.

« C'est donc cela un baiser. Au moins, il me restera de lui ce souvenir, si je ne dois plus le revoir. »

Cette seule pensée lui brisa le cœur et, pour ne pas laisser paraître sa peine, elle prit sur la table une carafe et courut la remplir à la pompe.

Elle ouvrit la porte et s'arrêta net : sur le seuil, apparemment sur le point de frapper, se tenait un splendide officier dans son plus bel uniforme.

Il était accompagné d'un soldat qui tenait les chevaux par la bride.

— Bonjour! dit l'officier.

Effrayée, Tilda jeta un regard derrière elle. Elle put voir que, par bonheur, elle avait fermé la porte de la chambre. Dans sa fureur, elle l'avait claquée, laissant Rudolf à sa perplexité.

— Que voulez-vous? demanda-t-elle d'une voix craintive.

— Mais je ne suis pas là pour vous faire peur! répondit l'officier. (Il jeta un bref coup d'œil à son doigt et ajouta vivement :) Madame... Pourrais-je m'entretenir avec vous un petit moment? demanda-t-il après une courte pause.

Tilda s'efforça de paraître détendue.

— Bien sûr, lieutenant, dit-elle un peu au hasard, croyant reconnaître ce grade.

— Puis-je entrer?

— Ce serait pour moi un honneur, lieutenant!

Tilda essayait de réfléchir très vite afin de ne pas commettre d'erreur, lorsque la conversation s'engagerait.

Ce lieutenant, pensa-t-elle, doit être à la recherche de Rudolf, puisqu'il m'a dit qu'il s'était absenté sans permission. Ces soldats veulent sans doute l'arrêter et le ramener dans son pays où il sera jugé et puni. Il faut absolument que je le sauve! se dit-elle.

Elle traversa la petite cuisine et posa la cruche près de l'évier. Tout cela avec une extrême lenteur, afin de prendre le temps de réfléchir.

Elle pensa que la meilleure attitude serait de paraître agréable et d'user de son charme, afin de convaincre l'officier qu'elle ne savait rien.

Le lieutenant était debout au milieu de la cuisine et retirait lentement ses gants.

— Vous avez là une charmante petite maison, madame.

— Elle ne m'appartient pas. Elle est à ma belle-mère, et mon mari et moi-même vivons... avec elle.

— Votre mari est ici?

— Non, pas pour le moment, répondit Tilda.

— Bon. Alors c'est à vous que je parlerai.

— Mais, bien sûr, répondit-elle d'un air avenant. Pourquoi ne pas vous asseoir?

— Merci.

— Puis-je vous préparer un peu de café, lieutenant?

— Non. Je vous remercie, mais c'est une aimable pensée que de m'en proposer. Comment vous appelez-vous?

— Mme Weber, lieutenant.

Tilda s'assit à l'autre extrémité de la table. Elle trouvait le lieutenant très séduisant, avec ses cheveux blonds bouclés, ses traits accusés mais fins, ses yeux gris-bleu qui la fixaient avec beaucoup d'intérêt. Elle le regarda bien en face et lui demanda d'une voix dont elle accentua volontairement la douceur :

— En quoi puis-je vous aider ? Je souhaite vivement faire tout ce que je pourrai.

— Vous êtes très aimable, madame.

— Je pourrais l'être plus encore si vous vouliez bien m'expliquer pourquoi vous êtes là.

— Je suis en train de faire une enquête dans le village afin de savoir si quelqu'un a aperçu un jeune homme vêtu du costume bavarois.

— Il y a par ici beaucoup de jeunes gens qui portent ce costume, répondit Tilda en souriant.

— Oui, je sais, mais je crois que je ne me suis pas exprimé assez clairement. Cet homme qui a été vu pour la dernière fois dans les environs de Linderhof est exceptionnellement beau. Je suis certain que si vous l'aviez vu, vous ne l'auriez pas oublié.

— Est-il aussi séduisant... que vous ? demanda Tilda.

— Vous me flattez beaucoup, madame. Il est cent fois plus séduisant que moi, sans aucun doute.

— Je ne peux pas croire que cela soit possible, dit-elle sur le ton le plus candide. Mais les hommes dans cette région sont tous plus beaux les uns que les autres et je crois que désormais je ne supporterai plus de poser mon regard sur un Anglais.

— J'ai pensé que vous étiez anglaise, et si, comme vous l'avez dit, les hommes de nos régions sont beaux, je pense, pour ma part, qu'il n'existe pas de femmes plus belles et plus attirantes que les Anglaises.

— Merci, dit-elle en souriant. Je sais que vous ne cherchez qu'à me flatter, mais j'y suis très sensible.

— Je suis certain que beaucoup d'hommes seraient prêts à vous flatter de la sorte, mais croyez que je suis sincère.

Tilda se détourna un peu et rougit.

— Je suggère... continua-t-il, puis il s'arrêta.

— Qu'alliez-vous dire ? demanda-t-elle.

— Peut-être allez-vous me trouver impertinent, mais j'étais en train de me demander si vous accepteriez de dîner en ma compagnie un jour prochain ? Il y a près d'ici une excellente auberge qui s'appelle « La Frontière royale ».

— C'est très aimable à vous, lieutenant, et j'accepterais avec joie... mais je crois que mon mari n'approuverait pas ma conduite.

— Pour combien de temps êtes-vous encore ici ?

— Mon mari s'en va à la fin de la semaine prochaine, mais je dois rester quelques jours de plus.

— Dans ce cas, croyez-vous que je puisse revenir vous voir ?

— Je ne peux... vous dire quel jour, lieutenant.

— Ne vous inquiétez pas, je vous rendrai visite de nouveau et nous verrons. Je vous en prie, ne repoussez pas un soldat qui se sent bien seul !

— Beaucoup de femmes, je pense, s'empresseraient d'accepter votre invitation !

— Mais madame, aucune de ces jeunes femmes, j'en suis sûr, ne posséderait votre charme.

Il se leva à regret.

— Je dois continuer mon enquête, dit-il. Je reviendrai la semaine prochaine pour vous demander une fois encore si vous n'avez pas vu ce séduisant jeune homme dont je vous ai parlé, et aussi pour vous renouveler mon invitation à dîner.

— Vous ne m'avez pas dit le nom de l'homme que vous recherchez.

— Ses amis l'appellent Rudolf, dit le lieutenant. Son autre nom est sans importance, car il en a probablement changé. Il est de nationalité obernienne.

— Je serai attentive, dit-elle.

— Comment puis-je vous remercier de votre gentillesse... et de votre charme ? demanda le lieutenant.

Tout en disant ces mots, il prit la main de Tilda et la porta à ses lèvres. Tilda fut sensible à la douceur de ce baiser.

— Vous pouvez être certaine que je vais compter les heures qui nous séparent. Au revoir, madame.

— Au revoir, lieutenant.

Il la salua avec une infinie courtoisie et monta sur son cheval. Tilda ferma la porte et mit le verrou. Elle s'arrêta un instant et un sourire éclaira son visage.

— Tilda !

L'appel venant de la chambre trahissait une certaine impatience.

Elle entra dans la pièce toujours souriante.

— N'ai-je pas été habile ?
— Venez ici.

Obéissante, elle s'approcha du lit et se rendit vite à l'évidence : Rudolf était très fâché.

Il se pencha pour saisir son poignet :

— Comment avez-vous osé ? cria-t-il. Comment avez-vous osé vous conduire en coquette avec ce damné lieutenant ?

— Ce « damné lieutenant » était à votre recherche. Il aurait pu fouiller la maison, si je m'étais montrée moins agréable avec lui.

— Agréable, vous appelez cela être agréable ? dit-il furieux.

Soudain il attira Tilda à lui avec violence.

— Tilda, Tilda, dit-il haletant.

Il appuya très fort ses lèvres sur les siennes et l'embrassa avec passion. Tout d'abord Tilda ressentit une douleur, puis ce fut de nouveau l'extase qu'elle avait connue la première fois.

Rudolf releva la tête et dit :

— Tilda, vous m'appartenez maintenant et je ne veux plus vous abandonner ou vous perdre.

Ne laissant à Tilda aucune chance de répondre, il l'embrassa de nouveau avec plus de fougue encore.

Tilda frissonnait et il lui semblait que les murs et les objets autour d'elle se mettaient à tourner. Peu à peu, elle sentait que la colère de Rudolf s'apaisait et faisait place à une joie profonde. Elle était sienne maintenant et ils ne pouvaient plus vivre l'un sans l'autre.

— Je vous aime, Rudolf.

— Je vous aime aussi, très fort, répondit-il, et c'est pour cela que nous devons prendre un certain nombre de décisions.

— Quelles décisions ?

— Ce que nous allons devoir faire ne va pas être facile.

— Je veux seulement que vous continuiez à m'embrasser, murmura-t-elle.

— Oui, mon amour, mais il faut que nous réfléchissions à notre situation.

— Pourquoi ?

— Parce que, même si cette maison représente pour nous le paradis, nous ne pourrons y passer toute notre vie.

Pendant que Rudolf parlait, Tilda revoyait lady Crewkerne et le professeur l'attendant à Munich, le prince Maximilien mettant au point les derniers détails de la cérémonie de mariage, la reine à Windsor, qui voulait faire d'elle son « ambassadrice » en Obernie...

— Non, rien d'autre ne m'importe que vous, dit-elle. Ils ne me feront jamais épouser quelqu'un que je n'aime pas !

— Il faut alors rompre vos fiançailles, dit Rudolf. Ce sera une épreuve difficile, ma chérie, il faudra vous montrer ferme.

— Je ne l'épouserai pas, dit-elle de nouveau, comme pour bien s'en convaincre.

— Je ne vous permettrai pas de le faire, reprit-il en serrant sa taille.

— Ne pourrions-nous... nous enfuir tous les deux ?

Rudolf fit non de la tête.

— Vous n'êtes pas majeure, ma douce. Vos parents feraient appel à la police et vous obligeraient à rentrer; et nous ne pourrions rien y faire.

Tilda passa les bras autour du cou de Rudolf.

— Je ne pourrai plus jamais me séparer de vous, fût-ce une minute.

— Mais j'entends bien que cela n'arrive jamais ! Je vous épouserai quelles que soient les difficultés et les obstacles que nous pourrons rencontrer. (Il embrassa Tilda sur le front et ajouta :) Je sais maintenant qu'il n'y aura plus de bonheur pour moi dans le monde si vous n'êtes pas à mes côtés.

— Quand avez-vous senti naître votre amour pour moi ?

— Quand je me suis éveillé après mon accident et que j'ai vu votre visage auprès du mien sur l'oreiller. Je croyais que j'étais dans un rêve. Je ne parvenais pas à croire qu'il existât au monde visage plus délicieux, cheveux plus blonds, regard plus doux. Alors, je vous ai aimée tout de suite.

— Vous pensez vraiment tout cela ?

— Oui, je le pense. Je vous ai aussi beaucoup admirée pendant notre course dans le fourgon, pour votre courage et votre calme. (Il sourit :) J'aurais dû à ce moment-là prendre un chemin en direction des bois, car je vous trouvais, sous la clarté de la lune, semblable à la nymphe des sommets neigeux qui faisait partie de mes rêves.

— Je vous trouve très beau et très séduisant, dit Tilda, et je vous ai tout de suite aimé quand je vous ai vu pour la première fois.

Les bras de Rudolf serrèrent un peu plus fort sa taille.

— Qu'arrivera-t-il, mon amour, si nous ne pouvons nous unir pour la vie ?

— Il faut... il faut que nous restions ensemble. Personne au monde ne compte que vous.

— Ce que nous devons faire, c'est essayer de nous marier avant que quiconque puisse nous en empêcher.

— Mais vous disiez tout à l'heure que mes parents pourraient m'obliger à rentrer chez eux !

— Ils le pourraient, en effet, répondit Rudolf. Mais ils n'auraient plus aucune chance de réussir si nous étions mari et femme. Ce qui nous perdrait, serait que nous leur fassions part de nos intentions avant que les choses soient assez avancées, et qu'il puissent encore s'interposer.

— Bien sûr, dit Tilda. Ce qu'ils redouteraient le plus, je crois, ce serait le scandale.

En disant cela, elle imaginait le scandale qui ne manquerait pas d'éclater de toute façon. Mais après tout, c'était sans importance.

— Je me demande quelle serait la meilleure façon d'agir, dit Rudolf.

Comme ils parlaient, ils entendirent la porte d'entrée s'ouvrir et restèrent figés.

— Qui cela peut-il être ? demanda Tilda à voix basse.

Puis ils entendirent la voix de Mme Sturdel et furent immédiatement rassurés.

— Ce n'est que moi, cria-t-elle de la cuisine. Je suis venue chercher le flacon de laudanum.

Tilda courut la rejoindre.

— Le bébé est-il né ? demanda-t-elle.

— Oui, et j'avais raison... c'est bien une fille.

— Je suis heureuse que ce soit enfin terminé pour vous. Comment va la maman ?

— Légèrement nerveuse, répondit Mme Sturdel. C'est pourquoi je suis venue chercher le flacon.

— Madame Sturdel, appela Rudolf, pourrais-je vous dire un mot ?

— Bien sûr, répondit-elle. (Elle posa ses affaires sur la table et dit à Tilda :) Voudriez-vous être assez aimable pour me faire une tasse de café ?

— Voulez-vous aussi quelque chose à manger ? Je peux vous faire cuire ce que vous voulez.

— Je suis d'accord pour deux œufs pochés. Je ne me suis pas reposée une minute depuis que j'ai quitté la maison.

— Alors, je vais m'occuper de vos œufs.

Tilda commença à s'activer, tout en se demandant ce que Rudolf pouvait bien dire à Mme Sturdel.

Ils parlèrent pendant un assez long moment, si bien que Tilda put, sans se presser, achever la cuisson des œufs et le café.

Quand ce fut prêt, elle appela Mme Sturdel, qui sortit aussitôt et prit son petit repas très vite, sans prononcer un mot.

— Je dois retourner auprès de ma patiente, dit-elle après avoir avalé son café. Merci, madame Weber, vous m'avez rendu mes forces.

Elle posa sa tasse et cria en direction de la chambre :

— Je ferai ce que vous m'avez demandé, monsieur Weber, mais je doute que le cocher soit ici avant le début de l'après-midi.

— Ce sera parfait, cria Rudolf à son tour. Je vous remercie.

Mme Sturdel sortit et Tilda retourna dans la chambre auprès de Rudolf.

— Qu'avez-vous décidé ? demanda-t-elle.

— Approchez-vous.

Elle marcha vers lui, en le regardant dans les yeux. Elle s'assit au bord du lit, il prit sa main et dit d'un ton sérieux qu'elle ne lui connaissait pas :

— Avez-vous confiance en moi, ma chérie ?

— Vous savez bien que oui, répondit-elle.

— Je voudrais que vous me donniez votre

accord sur les projets que je viens de mettre au point. Vous aurez un rôle difficile à jouer mais, souvenez-vous, il y va de notre bonheur.

— Est-ce que... vous allez... me quitter ? demanda-t-elle.

— Seulement deux ou trois jours. Nous devons veiller à beaucoup de choses avant de nous marier. Je peux vous promettre que, quoi qu'il arrive, nous nous retrouverons. Rien ne pourra nous en empêcher.

— C'est tout ce que je voulais entendre, murmura Tilda.

Il porta la main de Tilda à ses lèvres et la baisa passionnément.

— Je vous aime, dit-il encore, je vous aime si intensément qu'il m'est difficile de trouver les mots pour vous faire comprendre que rien, je dis bien, rien, Tilda, pas même Dieu, ne vous empêchera de devenir ma femme.

7

La voiture atteignit les faubourgs de Munich et Tilda, se penchant à la fenêtre, dit à Mme Sturdel :

— Tout semble très calme.

— C'est toujours pareil, répondit la vieille dame sur un ton irrité. Les étudiants font peur à tout le monde, sèment le désordre et la panique, puis rentrent calmement à l'Université comme si de rien n'était.

Rudolf avait confié à Tilda qu'il avait pris des dispositions pour que le cocher du village le conduise en Obernie.

— Mme Sturdel affirme que je peux avoir confiance en cet homme; il ne posera aucune question.

— Ne puis-je venir avec vous ?

— Non, ma chérie. Vous devez rentrer à Munich faire la paix avec votre oncle et dire à l'homme auquel vous étiez fiancée que vous ne pouvez pas l'épouser.

— Je ne veux pas vous quitter, protesta Tilda.

— Ce ne sera pas long, dit-il pour la rassurer. Une fois que j'aurai tout arrangé pour notre mariage, j'enverrai quelqu'un vous chercher et rien, je vous le promets, ne pourra plus nous séparer.

— En êtes-vous bien sûr ? demanda-t-elle encore.

Il la prit dans ses bras et la tint un moment serrée contre lui.

— Mais comment puis-je vous convaincre ? Croyez que la seule chose que je veux au monde, la clé de mon bonheur, c'est vous.

Tilda le fixa de ses grands yeux bleus :

— Faites... que ce soit vrai, soupira-t-elle.

Leurs lèvres se joignirent et Tilda fut emportée dans cet étrange vertige que lui procurait chaque fois le baiser de Rudolf.

— J'enverrai quelqu'un ou je viendrai vous

chercher moi-même, et une fois que nous serons mariés, je défie le monde entier de nous séparer.

— Croyez-vous qu'ils essaieront ? demanda Tilda.

— S'ils essaient, ils échoueront, dit Rudolf avec assurance.

Tilda l'aida alors à s'habiller, en essayant de ne pas toucher la blessure dont il souffrait encore.

Comme le temps pressait Rudolf lui dit :

— Je vais descendre sur la route jusqu'à l'endroit du rendez-vous convenu entre le cocher et Mme Sturdel.

— Et moi ? demanda alors Tilda. Comment vais-je rentrer à Munich ?

— Dès que j'aurai atteint l'Obernie, j'enverrai ici une voiture et des serviteurs qui vous conduiront toutes les deux à Munich.

— Toutes les deux ? Mme Sturdel aussi ?

— Vous n'imaginez pas que je puisse vous laisser partir seule sur les routes sans quelqu'un pour vous protéger. Mme Sturdel est bavaroise et je la crois très capable de neutraliser l'audace du premier étudiant qui s'approchera de l'attelage.

— Est-elle d'accord ?

— Je lui ai expliqué combien cela était nécessaire à notre bonheur.

— Vous ne lui avez pas dit au moins que nous n'étions pas mariés ?

— Non, rassurez-vous. Je lui ai dit que nous étions déjà mariés, mais que je n'avais pas encore annoncé la nouvelle à mes parents. J'ai ajouté qu'ils seraient très fâchés de l'apprendre et que c'était pour leur parler que je me rendais seul en Obernie.

Tilda éclata de rire.

— Vous ne manquez pas d'imagination.

— Je déteste mentir, en particulier quand il s'agit de vous, mais pour notre avenir, je suis prêt à faire les choses les plus affreuses et les plus insensées.

Tilda ne se sentait pas très à l'aise, car elle ne pouvait s'empêcher de penser qu'elle-même avait beaucoup menti ces derniers jours.

« Que dira-t-il, pensa-t-elle, lorsqu'il saura quel est mon véritable nom et celui de l'homme que je dois épouser ? Je verrai bien alors. A vrai dire, il serait plus sage de ne lui dire la vérité qu'après notre mariage ou bien au moment où il sera trop tard pour qu'il puisse changer d'avis. »

Maintenant qu'elle avait découvert la force de l'amour, le mariage de convenance lui paraissait haïssable.

Pourtant, elle ne comprenait pas très bien par quel miracle la passion qu'elle ressentait pour Rudolf avait pu à elle seule lui faire envisager une autre existence. Rien d'autre, lui semblait-il, ne compterait plus jamais pour elle que Rudolf et l'amour qu'ils éprouvaient l'un pour l'autre.

Le rang, le respect, la fortune, l'honneur, toutes ses valeurs, elle les avait rejetées définitivement. Son cœur même ne continuait à battre que parce que Rudolf était auprès d'elle et qu'il l'aimait.

Tout s'était si bien déroulé jusqu'ici dans les plans que Rudolf avait établis pour atteindre l'Obernie, que le futur serait, pensait-elle, sans problèmes, et cela la rassurait. Ils s'étaient quittés dans la cuisine de Mme Sturdel, et il lui avait alors donné un de ces baisers passionnés qui ne pouvait être que la promesse de retrouvailles prochaines.

— Soyez prudente, mon petit ange que j'aime.

— Je ne cesserai de compter les minutes jusqu'au jour où je vous reverrai, lui dit-elle.

Ils prolongèrent encore ce dialogue, comme s'ils ne pouvaient se résoudre à se quitter.

— C'est un supplice cruel que de vous quitter, Tilda.

— Pourquoi ne pouvons-nous rester ici quelques jours de plus, maintenant que nous nous aimons ?

Rudolf sourit :

— Croyez-vous, ma chérie, que je pourrais vivre pleinement notre amour si nous devions toujours être séparés par un traversin ?

— Mais nous pourrions tout simplement le supprimer, dit-elle.

Il l'attira à lui.

— Tilda, Tilda, vous n'avez aucune idée de ce que vous dites devant un homme.

— Ai-je tort de faire... cette suggestion ?
— Non, mon amour. Mais je crois que les anges ne peuvent concevoir les choses de la même manière que les simples humains.
— Je ne... comprends pas.
— Je vous expliquerai tout cela lorsque nous serons mariés, murmura Rudolf.
— Alors, marions-nous vite, dit-elle en l'embrassant sur le front.
— Aussi vite que possible. Je le jure.
— Soyez très prudent, j'ai tellement peur à l'idée que la police ou les militaires pourraient vous capturer.
— Je serai prudent, chérie.

Il l'embrassa alors comme il ne l'avait jamais embrassée, et s'éloigna pour rejoindre le cocher.

Il boitait un peu et s'appuyait le moins possible sur sa jambe blessée. Le pansement était bien dissimulé sous son bas de laine, et personne, à le voir, n'aurait supposé qu'il s'agissait d'un étudiant blessé et recherché par la police, ou d'un soldat déserteur.

Maintenant qu'elle approchait de Munich, elle se sentait assiégée par une foule de questions inquiétantes.

« Supposons, se disait-elle, qu'après nous être ainsi promis l'un à l'autre, je n'entende plus jamais parler de lui. Supposons qu'il soit enfermé dans une prison d'Obernie et que je ne puisse pas communiquer avec lui. »

Elle parvint pourtant à calmer les excès de son imagination et essaya de retrouver son calme. C'est ce que Rudolf attendait d'elle sans doute.

Elle se représentait l'avalanche d'ennuis qui allaient s'abattre sur elle, entre autres le retour à l'hôtel et les explications à fournir à lady Crewkerne et au professeur. L'attente du message de Rudolf risquait de lui paraître longue.

D'autre part, que pouvait-elle faire sinon prier afin qu'à son arrivée à Munich, elle ne trouve pas l'invitation de « Son Altesse Royale » à se rendre immédiatement à la cour d'Obernie. Elle n'avait pas osé dire à Rudolf qu'elle aurait quelques difficultés à demeurer à Munich autant qu'elle le voudrait. Elle ferait tout, cependant, pour y rester le plus longtemps possible, même si pour cela, elle devait simuler une maladie et s'aliter.

Plutôt que d'avouer son mensonge à Rudolf, elle lui avait demandé d'adresser son message au nom de Mlle Hyde. Elle préviendrait la réception de l'hôtel. La voiture était proche maintenant du centre de Munich.

Le jour commençait à baisser et l'éclairage des réverbères devenait plus vif.

Il y avait beaucoup de monde dans les rues et tous les promeneurs semblaient paisibles, flânant devant les terrasses des cafés, où des consommateurs détendus buvaient de la bière.

— Nous serons bientôt à l'hôtel, remarqua Mme Sturdel.

— Je dois encore vous remercier, dit Tilda. Je crois que personne au monde n'aurait eu votre gentillesse et n'aurait su nous prodiguer tous ces soins.

— Ce fut un plaisir pour moi et, à dire vrai, votre présence a apporté un peu de fantaisie dans mon existence monotone. Je ne pourrai plus penser sans sourire à l'usage que j'ai fait de la couverture de ma grand-mère et à la façon dont nous avons abusé le sergent. Je n'oublierai pas non plus ce voyage que nous venons de faire jusqu'à Munich dans ce merveilleux équipage.

— C'est un long voyage pour un séjour aussi court !

— Ne vous inquiétez pas pour moi, répondit Mme Sturdel. Je rentrerai chez moi, telle une dame de qualité, et tout le village sera là pour m'accueillir.

Tilda sourit à cette évocation et comme les chevaux s'arrêtaient, elle embrassa Mme Sturdel sur les deux joues :

— Aussitôt que nous serons installés, lui dit-elle, je ne manquerai pas de vous écrire et peut-être qu'un jour vous viendrez nous rendre visite.

— Ce sera pour moi un grand plaisir.

— Mon mari et moi vous serons toujours reconnaissants de votre merveilleux accueil, dit Tilda en l'embrassant encore une fois.

En descendant de la voiture, Tilda sentit la peur l'envahir à l'idée de ce qui l'attendait à l'hôtel. Instinctivement, elle redressa la tête et, reprenant courage, pénétra dans le hall de réception.

Elle se dirigea tout de suite vers l'ascenseur et s'arrêta au premier étage. Elle trouva que le liftier la regardait d'un air intrigué, mais il ne dit mot.

Sortant de l'ascenseur, elle se trouva juste devant l'entrée du salon qui faisait partie de leur suite.

Elle prit sa respiration et ouvrit la porte sans la moindre hésitation. Plusieurs personnes étaient assises sur le grand canapé. Elles se retournèrent et la regardèrent avec stupéfaction.

Le professeur parla le premier :

— Lady Victoria !

— Je suis navrée de vous avoir fait attendre aussi longtemps, commença Tilda.

Elle reconnut immédiatement la troisième personne. C'était un jeune homme qui avait bien peu changé depuis leur dernière rencontre, sept ans auparavant.

Francis Tetherton était son cousin et occupait depuis peu un poste d'attaché à l'ambassade anglaise d'Obernie.

— Vous verrez Francis dès votre arrivée en Obernie, lui avait dit la princesse Priscilla. Je sais que vous l'avez toujours trouvé ennuyeux, Tilda, mais vous devrez vous montrer aimable avec lui et l'inviter au palais de temps en temps.

Mais, dans la situation présente, Tilda fut envahie de sentiments très différents envers son cousin. Elle traversa la pièce les bras ouverts et lui lança :

— Oh, cousin Francis ! Comme je suis heureuse de vous revoir.

Solennel et surpris, Francis répondit :

— Cousine Victoria, nous étions si inquiets sur votre sort.

— Très inquiets ! renchérit lady Crewkerne, qui n'avait rien perdu de sa sévérité. Où étiez-vous, lady Victoria ? Pourquoi n'avez-vous pas essayé de nous avertir ? Après cette scandaleuse escapade avec le professeur, vous imaginez combien j'ai pu être inquiète !

Tilda jeta un regard en direction du professeur. Elle se rendit compte aussitôt qu'il avait été durement réprimandé par la douairière.

A voir son regard triste et penaud, Tilda ne put s'empêcher d'éprouver de la pitié pour ce brave homme qu'elle avait mis dans une fâcheuse situation.

— Je suppose que le professeur vous a tout raconté, dit-elle. Tout cela est entièrement ma faute.

— Il y a plusieurs façons de voir les choses, répondit lady Crewkerne avec acidité. Comment un homme pouvait-il oser vous entraîner dans une...

— Attendez, interrompit Tilda. Mettons les choses au point, voulez-vous ? Le professeur ne m'a pas entraînée, il m'a accompagnée après avoir compris que j'étais décidée à m'y rendre seule, s'il ne venait pas avec moi. (Elle vit que ces mots et la fermeté avec laquelle elle les prononçait impressionnaient la douairière. Elle continua :) De plus, je suppose que le professeur ne vous a pas dit que je dois à sa bravoure de n'avoir pas été piétinée par une horde d'étudiants déchaînés. Il m'a véritablement sauvé la vie et je lui en serai toujours reconnaissante.

— Le professeur ne nous a pas dit cela, en effet, dit lady Crewkerne, sur un ton quelque peu radouci.

— Il semble que le professeur ait agi avec courage dans des circonstances difficiles, ajouta pompeusement Francis Tetherton.

A l'évocation de tous ses mérites, le regard du professeur sembla reprendre un peu de vie.

Tilda inventa alors une succession de faits dramatiques, au terme desquels elle raconta s'être réfugiée dans la maison d'une vieille dame très généreuse.

Elle ajouta que cette personne, terrorisée par les émeutes qui semblaient se prolonger, n'avait pu la ramener avant ce soir à l'hôtel.

Tout cela paraissait assez plausible, et les trois interlocuteurs ne purent qu'accepter cette relation des faits. Lorsque Tilda eut achevé son récit, lady Crewkerne dit :

— Je suis certaine, lady Victoria, que tout ce que vous désirez maintenant, c'est prendre un bain réparateur et quitter ces horribles haillons que vous portez !

— C'est mon plus grand désir, madame,

mais vous voudrez bien, je pense, m'excuser un instant, car je désirerais avoir un entretien privé avec mon cousin. J'ai une chose importante à lui demander.

— Bien sûr, lady Victoria. Pendant ce temps, je vais veiller à ce qu'Annah vous prépare votre bain.

Elle quitta la pièce, suivie du professeur, et Tilda se tourna vers son cousin.

— Cousin Francis, je voudrais que vous fassiez quelque chose pour moi.

— Quoi donc? demanda-t-il.

— Auparavant, je voudrais vous demander pour quelle raison précise vous êtes ici.

Elle remarqua que le regard de Francis devenait fuyant.

— L'ambassadeur a pensé qu'il fallait vous rassurer et vous confirmer que les choses suivaient leur cours en vue de votre réception à la cour d'Obernie.

— Cependant le délai est prolongé, je suppose?

— Malheureusement, oui.

— Et par la faute de qui?

— Son Altesse Royale ne désire pas que vous arriviez avant que tout soit parfaitement prêt.

— Sait-il que je suis ici?

— Notre ambassadeur a rendu visite au Premier ministre. Nous estimons, en effet, que le délai s'allonge beaucoup, mais nous ne pouvons rien décider sans l'approbation de Son Altesse Royale.

— Cela vous facilitera donc les choses pour lui transmettre ma requête.
— De quoi s'agit-il ?
— Je voudrais... ou plutôt, j'insiste pour voir le prince avant mon entrée en Obernie.

Francis Tetherton regarda Tilda d'un air consterné :
— Mais cela est impossible, tout est arrangé afin que vous rencontriez le prince sur le seuil même du palais où vous allez régner ensemble. Le Premier ministre, le ministre des Affaires étrangères et l'ambassadeur de Grande-Bretagne vous accueilleront à la frontière. Ensuite, vous serez conduite vers la capitale où le prince vous attendra.

— Je n'ai pas l'intention de me plier à toutes ces cérémonies, cousin Francis, avant que le prince m'ait vue seule. Ce sera ici ou dans un autre lieu dont je vous laisse le choix.

— Je ne vous comprends pas, dit Francis.

— C'est très simple, j'ai l'intention de rencontrer le prince Maximilien en toute simplicité, en dehors de tout protocole. Cela doit avoir lieu avant mon arrivée en Obernie.

— C'est impossible ! s'exclama de nouveau Francis Tetherton.

— Bien, dans ce cas, le Premier ministre, le ministre des Affaires étrangères et l'ambassadeur de Grande-Bretagne attendront en vain !

— Cousine Victoria, que me dites-vous là ? Auriez-vous perdu la raison ?

— Je peux vous affirmer que j'ai toute ma raison, au contraire !

— Mais le prince est une Altesse Royale. Il est le chef d'État. Vous ne pouvez lui donner l'ordre de se déplacer comme s'il était n'importe quel citoyen.

— Il est l'homme que je dois épouser et, au titre de future épouse, je crois pouvoir bénéficier de certains privilèges. De toute façon, je veux le rencontrer seul et je vous charge d'arranger ce rendez-vous !

— Mais, je ne peux pas ! Vous ne semblez pas vous rendre compte que c'est le genre de choses que l'ambassadeur lui-même ne peut faire. Si vous voulez parler à Son Altesse Royale, vous pouvez fort bien le faire après votre arrivée.

— Mettez-vous dans la tête une fois pour toutes, qu'il n'y aura pas d'« arrivée », pas de cérémonie officielle, que je n'aie vu auparavant le prince en privé.

— C'est la demande la plus absurde que l'on m'ait jamais faite, dit Francis Tetherton furieux.

Tilda, qui commençait à sentir la fatigue du voyage, se mit à bâiller.

— Je suis très fatiguée, cousin Francis, et je crois que je vais aller dormir. Je suppose que vous resterez pour dîner, mais ma requête n'est pas une chose dont nous pouvons discuter en présence du professeur ou de lady Crewkerne.

— Vous ne voulez pas les mettre au courant de votre décision ?

— Je crois que ce serait une faute grave de votre part que de les avertir de mon projet, dit Tilda avec un fin sourire. Personne au monde ne me fera changer d'avis. Je rencontrerai le prince Maximilien. Si vous ne voulez pas le lui annoncer, je trouverai quelqu'un d'autre pour le faire.

— Je vous répète, lady Victoria, que c'est impossible, absolument impossible.

— Dans ce cas, vous pouvez annoncer au prince que je rentre en Angleterre !

— Je ne peux pas croire que vous disiez vrai. Ce n'est pas ainsi qu'une jeune fille de la société anglaise doit se conduire.

Tilda éclata de rire :

— Vous mettez en doute la qualité de l'éducation que mes parents m'ont donnée, cousin Francis. Je ne crois pas qu'ils apprécieraient ce que vous venez de dire.

— Je ne pense pas que vos chers parents soient responsables de la conduite qui est la vôtre présentement. Vous ne mesurez pas le souci que nous ont causé vos trois jours d'absence.

— Bien entendu, il n'y a aucune raison que le prince soit mis au courant de ma disparition momentanée.

— Non, mais lui demander de vous rencontrer en privé va à l'encontre de l'étiquette ; c'est une chose inconcevable.

— Je suis trop fatiguée pour prolonger

cette discussion, cousin Francis. Si vous dites au prince que j'ai à lui communiquer une chose de la plus haute importance et que je ne pénétrerai pas dans son pays avant qu'il l'ait entendue, il acceptera de me voir. Après tout, il me doit bien cela pour m'avoir fait attendre ici aussi longtemps.

— Vous n'étiez pas là... Comment pouvait-il vous faire attendre ?

— Êtes-vous prêt à expliquer cela à Son Altesse Royale ? (Tilda se leva et marcha vers la porte :) Je ne vais pas rester ici toute la nuit à débattre avec vous du bien-fondé de ma requête, cousin Francis. Dites au prince que, malgré les préparatifs qu'il a pu faire pour mon arrivée, je ne bougerai pas de Munich tant que notre rencontre n'aura pas eu lieu.

On lisait la consternation sur le visage de Francis Tetherton. Tilda se retira dans sa chambre où Annah l'attendait.

Le jour suivant, elle partit en promenade. Le professeur et lady Crewkerne, légèrement radoucie, l'accompagnaient.

Elle voulait voir Munich, les musées et la pinacothèque qui renfermait tant de merveilles. Ils visitèrent aussi de nombreuses églises dans lesquelles Tilda put voir tout à loisir les anges auxquels Rudolf l'avait comparée. Par la pensée, elle fut avec Rudolf tout au long de cette journée.

Ce fut le matin suivant que Francis Tetherton réapparut. Dès qu'elle le vit, Tilda comprit qu'il avait quelque chose à lui dire.

Ils s'enfermèrent tous deux dans le salon afin qu'elle puisse entendre les nouvelles.

— Le prince accepte-t-il de me voir ? demanda Tilda avec impatience.

— Son Altesse Royale vous rencontrera ce soir, dit-il. Je ne vous cache pas, cousine, que la partie n'a pas été facile. Il n'a pas cessé de me demander ce que vous aviez à lui dire. Bien entendu, je n'ai pu lui répondre.

— Mais il me verra ? Viendra-t-il ici ?

— Non, c'est trop loin. Mais je vous conduirai à l'endroit fixé pour le rendez-vous, une auberge à la frontière de la Bavière et de l'Obernie.

— « La Frontière royale » ! s'exclama Tilda.

Son cousin la regarda avec surprise.

— C'est exact, répondit-il. Comment en avez-vous entendu parler ?

Tilda pensa au lieutenant qui l'y avait invitée à dîner et ne put s'empêcher de sourire.

— A quelle heure devons-nous nous rencontrer ?

— A 9 heures et demie et, si vous ne voulez pas que lady Crewkerne vous questionne, je dirai que je vous emmène à une soirée que donnent quelques amis de l'ambassade.

— Elle sera fâchée de ne pas y être conviée, mais c'est sans importance. Je vous remercie d'avoir négocié tout cela si habilement, cousin Francis.

— J'espère seulement que vous vous rendez compte combien est importante la

165

concession que Son Altesse Royale fait en répondant à une telle demande. Je souhaite que vous vous montriez honorée d'un pareil privilège.

Songeant qu'elle avait l'intention de dire au prince qu'elle ne l'épouserait pas, Tilda trouva superflue toute manifestation de gratitude.

Elle passa le reste de la journée à penser à la façon dont elle allait annoncer la nouvelle à Maximilien.

Elle supposa toutes sortes de choses : que le prince ne l'écouterait même pas et dirait simplement que les préparatifs du mariage continuaient. Qu'il lui dirait qu'elle ne pouvait épouser Rudolf car celui-ci se trouvait en prison...

Elle pensa alors qu'il était préférable de ne pas mentionner l'existence de Rudolf et qu'il valait mieux lui dire qu'elle aimait « quelqu'un d'autre ».

Toutes ces pensées roulaient dans sa tête alors que la voiture dans laquelle elle avait pris place aux côtés de Francis Tetherton quittait Munich.

— J'ai réservé un salon particulier, dit Francis. Nous traverserons l'entrée très rapidement, afin que personne ne nous voie.

En arrivant à l'auberge, Tilda ne put s'empêcher de jeter un coup d'œil dans la salle de restaurant où avaient pris place de nombreux dîneurs.

Elle songeait avec quelque nostalgie que

c'était dans cette salle qu'elle aurait pu dîner en compagnie du galant lieutenant. L'intérieur était charmant. On y voyait des poutres de chêne, d'innombrables animaux empaillés, et de petites tables éclairées par des chandelles.

Francis Tetherton, dans un geste d'impatience, attira Tilda dans un étroit couloir conduisant vers un petit salon aux lambris de chêne, où brûlait un feu de bois.

Francis regarda sa montre pour la centième fois.

— Attendez-moi ici, cousine Victoria. Je vais aller attendre Son Altesse Royale à l'entrée de l'auberge. Il ne veut certainement pas être reconnu et je le conduirai ici directement.

Il semblait très agité et Tilda se demandait pourquoi Rudolf faisait, du calme, la plus haute vertu britannique.

— Soyez tranquille, cousin Francis, je ne bougerai pas d'ici. Allez accueillir le prince.

Il sortit et Tilda se mit à marcher de long en large dans le salon. Elle se répétait tout bas ce qu'elle allait dire au prince. Elle était confiante dans la reconquête de sa liberté, dans le renoncement à un engagement qui n'était souhaité par aucune des deux parties.

Elle était certaine que c'était à la reine Victoria seule que le prince Maximilien devait d'épouser une Anglaise, et qu'il n'était pas enthousiasmé par ce projet.

Il y avait certainement en Autriche et en

Bavière, beaucoup de princesses qu'il aurait préférées, mais par crainte de dire non à l'Angleterre et surtout à la reine Victoria, il avait dû céder. Peut-être sera-t-il même très heureux de se débarrasser de moi ! pensait-elle.

Tilda se prit à songer à sa mère et à l'humiliation que celle-ci ressentirait à l'annonce de cette annulation.

— Pauvre maman, mais je suis sûre que lorsqu'elle verra Rudolf, elle l'aimera tout de suite.

L'évocation de Rudolf apporta dans son cœur un souffle de bonheur. Elle sentit un léger frisson la parcourir au seul souvenir de son étreinte et de ses baisers. Que lui importaient le trône ou l'approbation de ses parents si elle était aimée de Rudolf.

« Je ne crains pas le prince, pensa Tilda, je ne crains qu'une chose au monde : perdre Rudolf. »

Elle l'entendait encore prononcer ces mots qui la ravissaient :

— Rien, même pas Dieu, ne pourra vous empêcher de devenir ma femme.

A ce moment-là, la porte s'ouvrit. Tilda retint sa respiration, puis se retourna pour découvrir, non comme elle le croyait, le prince Maximilien, mais Rudolf qui se tenait devant elle. Celui-ci, s'avançant, semblait ne pas croire ce qu'il voyait :

Avant que Tilda pût parler, il lui dit :

— Tilda, mon petit ange chéri, que faites-vous ici ?

Elle courut vers lui pour se jeter dans ses bras. Il était vraiment là, car elle pouvait le toucher et poser sa tête sur son épaule. Il la regarda dans les yeux et sans plus attendre posa ses lèvres sur les siennes.

Elle ressentit encore ce frisson qui maintenant lui était familier, et il lui sembla qu'au plus fort de l'étreinte, son corps ne faisait qu'un avec le sien.

Rudolf releva la tête :

— Vous m'avez manqué, Tilda. Mon Dieu, que j'ai trouvé longs nos jours de séparation. Est-ce que... vous m'aimez toujours ?

— Vous le savez bien, Rudolf.

— Mais vous ne m'avez toujours pas dit pourquoi vous étiez ici ?

— Je suis ici pour rencontrer... l'homme auquel je suis fiancée.

— Pour lui annoncer que vous ne pouvez pas l'épouser ? Ainsi, vous allez être libre ?

— Je vais être libre, répéta-t-elle. Quand pourrai-je vous rejoindre ?

— Peut-être demain, mais certainement après-demain, car je ne peux attendre plus longtemps.

— Moi non plus, murmura-t-elle.

De nouveau Rudolf l'embrassa avec passion. Alors il relâcha son étreinte et la libéra :

— Si vous attendez l'homme avec lequel vous devez rompre, il vaut mieux que je vous laisse.

— Pour quelle raison êtes-vous ici ? demanda Tilda à son tour.

Il était sur le point de répondre lorsque la porte s'ouvrit et Francis Tetherton jeta un coup d'œil dans le salon.

— Est-ce que tout va bien, cousine Victoria ? demanda-t-il.

A ce moment-là, il aperçut Rudolf et s'inclina devant lui :

— Je suis navré, Sire, dit-il. Je crois que je ne vous attendais pas à la bonne porte.

Rudolf le regarda avec stupeur, ne répondit rien, pas plus que Tilda d'ailleurs.

— Je... m'assurerai que l'on ne dérange pas Votre Altesse.

Il disparut, fermant la porte derrière lui. Il y eut un long silence pesant, au terme duquel Rudolf demanda :

— Mais... il vous a appelée Victoria. Quel est donc votre nom ?

Tilda ne pouvait quitter Rudolf des yeux.

— Je vous ai demandé votre nom, répéta-t-il.

— Victoria, Matilda Tetherton-Smythe, dit-elle d'un air absent. (Alors que Rudolf se tenait muet devant elle, elle ajouta :) Pourquoi cousin Francis vous a-t-il appelé Sire ? Et pourquoi vous attendait-il... vous ?

Rudolf s'avança vers elle :

— Est-ce que vous dites la vérité ? Est-ce là votre véritable nom ?

Soudain, il se mit à rire et s'appuya au rebord de la cheminée.

— Cela ne peut être possible, ce n'est pas possible, répétait Rudolf en riant.

— Qu'est-ce qui n'est pas possible ? Que dites-vous ? Pourquoi riez-vous ? demanda Tilda, craignant quelque chose d'inquiétant.

Rudolf la regarda et son rire s'éteignit. Comme s'il mesurait l'angoisse qu'elle pouvait ressentir, il s'élança vers elle et la prit dans ses bras.

— Tout va bien, ma chérie. Toutefois mon Premier ministre a eu une violente crise cardiaque, quand je lui ai dit que si je ne pouvais épouser une fille du nom de Tilda Hyde, j'étais prêt à abdiquer...

8

Les rues bordées d'arbres étaient pleines d'une foule en liesse acclamant la voiture découverte qui conduisait Tilda vers son futur époux.

Les maisons étaient décorées de guirlandes de fleurs et, sur l'itinéraire menant au palais, on voyait de nombreux arcs de triomphe sur lesquels on pouvait lire : « Bienvenue en Obernie », « Dieu bénisse Victoria » et bien d'autres phrases en l'honneur de la future princesse.

Les yeux de Tilda étaient éblouis par le spectacle de cette fête et par les visages réjouis de tous ces gens qui la saluaient. Elle était ravissante, dans sa robe semblable au bleu de ses yeux et sous son ombrelle parsemée de boutons de roses.

A côté d'elle avait pris place le Premier ministre, encore bel homme malgré les années, et sur la banquette opposée, le plumet de son bicorne flottant au vent, était assis l'ambassadeur de Grande-Bretagne, flanqué du ministre des Affaires étrangères. Tous étaient à la frontière pour accueillir Tilda, où on lui avait infligé un long discours quelque peu ennuyeux qui célébrait son entrée dans le royaume et pendant lequel elle dissimulait difficilement son impatience de retrouver Rudolf.

Il lui semblait toujours incroyable que Rudolf et Maximilien fussent la même personne. Que l'homme qu'elle allait rejeter fût celui auquel elle vouait un amour sans bornes...

— Comment pouvez-vous être le prince ? Moi qui croyais épouser un monstre de laideur.

— Un monstre de laideur ?

— Tout le monde faisait tant de réserves sur vous que j'avais imaginé le pire. D'autre part, on ne m'avait donné de vous aucun portrait, m'expliquant que vous refusiez d'être photographié.

Rudolf paraissait un peu embarrassé.

— Je crois savoir maintenant pourquoi vous étiez si secret. Parce que vous vouliez pouvoir vous échapper de temps en temps et ne pas être reconnu !

Rudolf sourit :

— Vous êtes trop perspicace, Tilda, mais c'est vrai qu'il m'est arrivé plusieurs fois de faire l'école buissonnière.

— De vous absenter sans permission !

— Comment pouvais-je imaginer que ces idiots enverraient l'armée à ma recherche ? Mais tout cela était votre faute.

— Comment, ma faute ?

— Non, à vrai dire, c'était la mienne, concéda-t-il. Le chef du protocole m'avait annoncé que vous aviez à faire un voyage tellement long que je me suis échappé sans m'inquiéter de la date et sans dire où j'allais. (Il sourit à l'évocation de cette fugue.) Lorsqu'on a appris que vous arriviez dans les délais prévus, ce fut la panique au palais. Il était prévu que vous arriveriez en Obernie une semaine avant notre mariage afin que nous apprenions à nous connaître.

— Mais c'est exactement ce que nous étions en train de faire...

— Fort heureusement, le palais n'a rien su de notre rencontre...

— Vous devez avoir exaspéré tous ces gens et mis un grand désordre dans l'organisation de votre maison.

— Ils étaient constamment en train de me harceler, de critiquer et de désapprouver. C'est pourquoi, n'en pouvant plus, j'ai décidé de disparaître et de me faire appeler par mon second prénom.

— Où êtes-vous allé ?

— A la recherche de nouveaux amis.
— Qui étaient, je suppose, de jolies filles ?
— Aucune d'elles n'avait votre charme.
— Mais... vous les aimiez ?
— Il y a... plusieurs façons d'aimer, ma chérie.
— Pouvez-vous m'expliquer ?

Il réfléchit un instant pour choisir ses mots avec précaution :

— La plupart des femmes sont comme les plus belles fleurs. L'homme veut les cueillir mais, très vite, elles se fanent. Bien qu'il cherche avant tout à se distraire avec elles, il espère trouver un jour la fleur en bouton qu'il a toujours cherchée.
— Et... quand il la trouve ?
— Alors il est heureux, car c'est pour toujours !
— Et... il ne cherche plus... du tout ? Je serais très malheureuse si vous disparaissiez un jour.
— Je vous ai promis que je ne chercherais plus, je tiendrai cette promesse, et le vœu fait à saint Gerhardt est plus vrai que jamais : il n'y aura qu'une femme dans ma vie, jusqu'à ma mort.
— En êtes-vous sûr ?
— Tellement sûr que vous pouvez convoquer à notre mariage, tous les peintres et tous les photographes d'Europe !

Il la prit dans ses bras, l'attira contre lui et dit :

— Ma chérie, je veux que l'on fasse de

vous des portraits innombrables afin de montrer à toute l'Europe combien vous êtes rayonnante.

Il l'embrassa de nouveau et rien d'autre ne leur parut important.

Lorsque Tilda aperçut le palais de sa voiture, elle se dit qu'il était tout à fait semblable à ce qu'elle avait imaginé.

Une longue allée conduisait à d'immenses grilles noires et or. Derrière elles, on voyait un bâtiment blanc dont la façade s'ornait d'une longue colonnade, de portes et de fenêtres à imposte et, au-dessus de l'attique, d'élégantes statues se découpaient sur un fond de ciel bleu.

— C'est magnifique! ne put s'empêcher de dire Tilda à haute voix.

Le Premier ministre lui adressa un regard approbateur. On avait annoncé à Tilda que la cérémonie de mariage aurait lieu le jour même de son arrivée, donc l'après-midi. On avait craint cependant qu'elle trouvât toutes ces cérémonies officielles un peu rapprochées, mais elle fut au contraire émerveillée qu'après avoir tant attendu, les choses tout à coup allassent aussi vite. Pourtant, dans l'esprit de Tilda, une préoccupation demeurait : personne ne devrait découvrir qu'elle avait déjà rencontré Rudolf.

Francis Tetherton avait juré de garder le secret, mais quel pouvait être le sentiment du

Premier ministre devant le brusque changement d'attitude de Rudolf? Après avoir agité la menace d'abdiquer si on le forçait à épouser lady Victoria, il était maintenant disposé à l'épouser sur-le-champ!

— Allez-vous expliquer pourquoi? lui demanda Tilda.

— Je crains que les explications que je pourrais fournir nous entraînent dans des complications sans fin.

Il lui prit alors le menton et releva son visage vers le sien.

— Comment avez-vous pu être assez dissipée pour aller passer la soirée dans une taverne? Dieu sait quelles mauvaises rencontres vous auriez pu y faire!

— Mais... je vous y ai rencontré!

— Remerciez-en Dieu!

— Je ne crois pas que maman adresserait à Dieu les mêmes louanges, si elle savait que nous avons passé trois nuits ensemble dans un chalet isolé.

— Espérons seulement qu'elle n'entendra jamais parler de cet épisode. En tout cas, ma chérie, affectez l'air le plus timide lorsque nous nous rencontrerons au palais officiellement.

— J'essaierai, murmura-t-elle.

— Que Dieu m'aide à résister à la tentation de vous enlacer devant toute la cour et les ambassadeurs.

— J'espère néanmoins que vous me trouverez à votre goût? Je porterai une robe somptueuse, très différente de la robe paysanne dans laquelle vous m'avez connue.

— Dans laquelle pourtant vous sembliez un ange. Un adorable petit ange !

— Vous m'avez dit cela en manière d'excuse pour ne pas m'embrasser, ne l'oubliez pas.

— J'ai essayé de me conduire honnêtement... et je n'ai pas réussi.

— Vous m'en voyez ravie...

— Il faudrait être un saint ou un ange soi-même pour résister à l'appel de vos lèvres.

— Je souhaite vous entendre dire cela longtemps !

— J'espère que je ne vivrai plus ce supplice qui consiste à dormir avec un traversin entre nous.

— C'est vous... qui l'y aviez mis.

— Je sais. Mais cela me paraissait être la seule façon de vous résister.

— Mais je ne vous le demandais pas..., murmura Tilda.

Alors que la voiture entrait dans la cour principale du palais, Tilda aperçut Rudolf qui l'attendait, sur les marches.

Dès qu'elle le vit, elle fut toute à la joie de le retrouver. Il était magnifique dans son uniforme blanc orné d'épaulettes d'or, de décorations multicolores et du large ruban bleu qui lui ceignait la poitrine.

Les chevaux s'immobilisèrent, et les valets de pied s'approchèrent pour déplier les trois marches et dérouler le tapis.

L'intérieur de la voiture était recouvert des fleurs jetées par la foule et lorsqu'elle descendit, Tilda sembla une nymphe naissant d'un immense bouquet.

Maintenant qu'elle montait les marches vers Rudolf, elle sentait qu'elle aurait du mal à cacher l'éclair de bonheur qui illuminait son regard ou à réprimer le frisson qui envahissait tout son corps.

Elle n'imaginait pas qu'il pût paraître aussi rigide et sévère dans son uniforme de chef des armées.

Elle atteignit les six marches prévues par le protocole et alors il lui tendit la main :

— Puis-je avoir l'honneur et le grand privilège de vous accueillir, Milady, dans le royaume d'Obernie ? C'est un grand jour pour mon pays et pour moi une joie immense.

Tout de suite après ces quelques mots très officiels, il porta la main de Tilda à ses lèvres en la gardant dans la sienne un peu plus longuement que le protocole ne l'exigeait.

Il releva la tête et leurs regards se rencontrèrent. Il en résulta un tel trouble chez Tilda qu'elle ne put prononcer un seul mot du compliment qu'elle avait répété tant de fois pendant le trajet. Elle avait envie de dire : « Je vous aime ». Alors, après un moment d'hésitation qui parut à tous une éternité, les mots vinrent peu à peu :

— Je remercie Votre Altesse Royale pour ces mots de bienvenue. C'est un immense plaisir pour moi d'être ici, en Obernie, et de penser que ce pays sera bientôt le mien.

Les mots étaient dits. Mais Tilda ne put résister au désir d'ajouter à voix basse :

— Vous êtes si beau dans votre uniforme que j'ai envie de vous embrasser !

Elle lut la réponse dans ses yeux et comprit qu'il faisait un immense effort sur lui-même en lui offrant son bras de façon strictement officielle.

— Permettez-moi, madame, de vous conduire jusqu'au palais, dit-il d'un ton solennel.

Elle prit son bras et ils montèrent ensemble les dernières marches suivis par le Premier ministre et l'ambassadeur, et les autres personnalités qui se rangèrent en cortège.

— Où allons-nous ? demanda Tilda.

— Vous allez être présentée aux membres du gouvernement et aux personnalités de la cour. Ensuite, vous vous retirerez et revêtirez votre robe pour la cérémonie de mariage.

— Je veux être seule... avec vous, dit Tilda.

— Je le veux aussi, mais ce sera, hélas, impossible jusqu'à ce que nous soyons mariés.

— Vous ne voulez pas... m'embrasser ?

— Vous savez que c'est ce que je désire le plus, mais le protocole l'interdit, ma chérie.

— Pourquoi ? A quoi vous sert d'être le prince régnant si vous ne pouvez faire ce qui vous plaît ?

A ces mots prononcés à voix basse, Rudolf répondit à haute voix :

— Je voudrais que Votre Altesse admire les peintures de cette partie du palais. Un grand nombre d'entre elles représentent nos ancêtres, rois, reines et chefs d'État des pays voisins.

— Il faut que je sois seule avec vous, ne serait-ce qu'un moment. Il le faut, répéta Tilda à voix basse. Des heures vont s'écouler avant que nous soyons mariés et vous m'avez... beaucoup manqué.

— Vous m'avez beaucoup manqué aussi, mais il faut que nous soyons prudents.

— Vous êtes beaucoup trop formel... presque... lâche, dit-elle au comble de l'exaspération.

— Ceci est un très beau portrait de Frédéric le Grand, annonça Rudolf sans se départir de sa rigueur. Je pense que vous serez, comme moi, d'avis que l'artiste lui a rendu justice.

— Il est très beau, en effet, admit-elle. (Toujours d'une voix presque imperceptible, elle ajouta :) Si vous continuez, je vais faire semblant de tomber et vous ne pourrez faire autrement que de me prendre dans vos bras pour me relever.

— Tilda, ma chérie, je vous en prie, faites un effort. Un peu de patience.

— Je serai sage si je peux vous embrasser... seulement une fois.

Il annonça encore un tableau à haute voix puis, du bout des lèvres, il dit à Tilda, sans la regarder :

— Il y a sur la droite une porte qui donne sur un petit cabinet, nous pourrions nous y glisser.

— Je savais que vous finiriez par accepter.

— Pourtant, ce n'est pas raisonnable.

Ils tournèrent au coin du couloir, toujours suivis par la procession des officiels et, tout à coup, avant que quiconque pût s'en rendre compte, Rudolf attira Tilda dans le petit cabinet et referma la porte à clé derrière lui.

Elle se jeta aussitôt dans ses bras et ils s'embrassèrent longuement avec une passion redoublée par une si longue attente.

— Je vous aime, je vous adore, murmurait Rudolf, mais ce que nous avons fait est fou !

— Délicieuse folie ! répondit Tilda.

Rudolf l'embrassa alors avec tant de force qu'il la souleva de terre.

A ce moment, on entendit la poignée de la porte s'agiter et la voix du Premier ministre demander :

— Votre Altesse a-t-elle quelque ennui ?

Rudolf la relâcha un peu et elle vit dans ses yeux la flamme qu'elle connaissait bien.

— Je vous désire, je vous désire, ma chérie.

Le visage de Tilda s'illumina alors et ses yeux brillèrent :

— C'est ce que j'ai toujours souhaité vous entendre dire...

Au prix d'un grand effort, Rudolf tourna la clef dans la serrure et ouvrit la porte.

— Il semble que cette porte ne fonctionne pas bien, dit-il avec à-propos. J'étais en train de montrer à lady Victoria les décorations de mon père.

— Elles sont... étourdissantes! dit Tilda d'une voix un peu étrange.

Au retour de la cathédrale, l'archiduc Ferdinand Holstein Wittelgratz prit place dans la voiture découverte.

— Cette pauvre enfant innocente! Je jure d'étrangler Maximilien s'il ne se conduit pas loyalement envers elle.

L'archiduchesse le regarda avec un sourire au coin des lèvres.

— Vous savez, Ferdinand, dit-elle, j'ai l'impression que notre jeune prince va cesser de courir le guilledou.

— Je ne partage pas tout à fait votre opinion; Maximilien a poursuivi de ses assiduités toutes les jolies femmes d'Europe et je ne permettrai pas qu'il cause le moindre tourment à cette douce créature à peine sortie de l'enfance. Je suis d'ailleurs tout prêt à le lui dire dans des termes qui le feront réfléchir!

— Et supposez que Maximilien persiste dans le scandale, que pourrez-vous faire alors?

— Je prendrai Victoria sous ma protection, répondit l'archiduc non sans ferveur.

Son épouse se mit à rire :

— Oui, et vous la protégerez de belle façon. Je vous connais, Casanova!

— Que voulez-vous dire?

— Je veux dire que votre comportement dans la cathédrale n'a pas échappé à mon attention. Que j'ai vu de quel regard protecteur vous l'avez enveloppée pendant toute la cérémonie. Je dois dire à votre décharge que vous n'étiez pas le seul; à peu près tous les hommes présents avaient la même expression.

— Et alors?

— Et alors, je crois que Maximilien sera bien trop occupé à surveiller sa propre femme pour aller taquiner celles des autres.

— Souhaitons que vous disiez vrai, grogna l'archiduc, et laissons là cette discussion.

Dans la cheminée de la chambre, les dernières braises se consumaient et donnaient encore assez de clarté pour que l'on puisse voir les contours de l'immense lit à baldaquin dont les sculptures dorées brillaient.

Deux têtes proches l'une de l'autre reposaient sur les oreillers bordés de dentelle. Rudolf attira Tilda à lui avec tendresse.

— Rudolf, demanda-t-elle, je veux vous demander quelque chose.

— Que voulez-vous savoir, ma chérie?

Tout en parlant, il lui caressa le front en repoussant ses cheveux blonds en arrière et y déposa un baiser.

— J'étais en train de me demander, murmura-t-elle, à quel moment vous m'imposerez ces « choses déplaisantes » dont parlait maman.

Rudolf la rapprocha encore un peu de lui :

— Je pense, ma chérie, que votre maman parlait de ce que nous avons déjà fait.

— Vous pensez que maman voulait parler de la façon dont nous venons... de nous aimer ? Mais c'est une chose merveilleuse ! La chose la plus exaltante que j'aie jamais vécue ! Je ne savais pas que l'on pouvait connaître un tel plaisir à se donner à l'homme que l'on aime, et atteindre un tel bonheur.

— Ma chérie, je vous adore, nous appartenons maintenant vraiment l'un à l'autre, pour toujours.

— Tout ce que je veux, c'est être toujours avec vous, et que vous ne cessiez de m'embrasser et de m'aimer.

— J'aurai cependant certains devoirs d'État à remplir !

— Nous les remplirons ensemble, je vous aiderai.

— J'étais très fâché quand vous m'avez demandé pendant la cérémonie si Mitzi était dans l'assistance. Je suis sûr que l'archevêque vous a entendue.

— Je me demandais seulement si vous l'aviez invitée.

— Non, bien sûr, je ne l'avais pas invitée ; elle est oubliée maintenant.

— Vous devriez lui être très reconnaissant plutôt que de l'oublier. C'est quand je vous ai vu l'embrasser que j'ai commencé à vous aimer.

— Où m'avez-vous vu embrasser Mitzi ?

— J'étais dans les bois... à Linderhof !

— Mon Dieu ! s'exclama-t-il. Vous ne cesserez jamais de m'étonner, Tilda. Que faisiez-vous là ?

— Je vous regardais et je voulais tout savoir sur vous. Je pensais que vous étiez un couple de jeunes mariés en pleine lune de miel.

— Peu importe ce que vous avez pensé à ce moment-là. Oubliez tout cela, n'en parlons plus.

— Je pensais aussi que vous étiez l'homme le plus séduisant du monde !

— Vous êtes très belle, Tilda, et je vous avertis que je serai un mari fort jaloux.

— Je veux vous rendre très heureux, murmura-t-elle.

Leurs lèvres se joignirent et, dans son étreinte, Rudolf emporta Tilda dans un paradis peuplé de petits anges espiègles.

Littérature

extrait du catalogue

Cette collection est d'abord marquée par sa diversité : classiques, grands romans contemporains ou même des livres d'auteurs réputés plus difficiles, comme Borges, Soupault, Goes. En fait, c'est tout le roman qui est proposé ici, Henri Troyat, Bernard Clavel, Guy des Cars, Alain Robbe-Grillet, mais aussi des écrivains tels que Moravia, Colleen McCullough ou Konsalik.

Les classiques tels que Stendhal, Maupassant, Flaubert, Zola, Balzac, etc. sont publiés en texte intégral au prix le plus bas de toute l'édition. Chaque volume est complété par un cahier photos illustrant la biographie de l'auteur.

ADAMS Richard	Les garennes de Watership Down 2078/6*
ADLER Philippe	C'est peut-être ça l'amour 2284/3*
	Les amies de ma femme 2439/3*
AMADOU Jean	Heureux les convaincus 2110/3*
AMADOU J. et KANTOF A.	La belle anglaise 2684/4* (Novembre 89)
ANDREWS Virginia C.	Fleurs captives :
	-Fleurs captives 1165/4*
	-Pétales au vent 1237/4*
	-Bouquet d'épines 1350/4*
	-Les racines du passé 1818/4*
	-Le jardin des ombres 2526/4*
ANGER Henri	La mille et unième rue 2564/3*
ARCHER Jeffrey	Kane et Abel 2109/6*
	Faut-il le dire à la Présidente ? 2376/4*
ARTUR José	Parlons de moi, y a que ça qui m'intéresse 2542/4*
AUEL Jean M.	Les chasseurs de mammouths 2213/5* et 2214/5*
AURIOL H. et NEVEU C.	Une histoire d'hommes / Paris-Dakar 2423/4*
AVRIL Nicole	Monsieur de Lyon 1049/3*
	La disgrâce 1344/3*
	Jeanne 1879/3*
	L'été de la Saint-Valentin 2038/2*
	La première alliance 2168/3*
AZNAVOUR-GARVARENTZ Aïda	Petit frère 2358/3*
BACH Richard	Jonathan Livingston le goéland 1562/1* Illustré
	Illusions / Le Messie récalcitrant 2111/2*
	Un pont sur l'infini 2270/4*
BALZAC Honoré de	Le père Goriot 1988/2*
BARBER Noël	Tanamera 1804/4* & 1805/4*
BARRET André	La Cocagne 2682/6* (Novembre 89)
BATS Joël	Gardien de ma vie 2238/3* Illustré
BAUDELAIRE Charles	Les Fleurs du mal 1939/2*
BEART Guy	L'espérance folle 2695/5* (Décembre 89)
BEAULIEU PRESLEY Priscilla	Elvis et moi 2157/4* Illustré
BECKER Stephen	Le bandit chinois 2624/5*

Littérature

BELLONCI Maria	*Renaissance privée* 2637/6★ Inédit
BENZONI Juliette	*Un aussi long chemin* 1872/4★
	Le Gerfaut des Brumes :
	-Le Gerfaut 2206/6★
	-Un collier pour le diable 2207/6★
	-Le trésor 2208/5★
	-Haute-Savane 2209/5★
BEYALA Calixthe	*C'est le soleil qui m'a brûlée* 2512/2★
BINCHY Maeve	*Nos rêves de Castlebay* 2444/6★
BISIAUX M. et JAJOLET C.	*Chat plume - 60 écrivains parlent de leurs chats* 2545/5★
	Chat huppé - 60 personnalités parlent de leurs chats 2646/6★
BLIER Bertrand	*Les valseuses* 543/5★
BOMSEL Marie-Claude	*Pas si bêtes* 2331/3★ Illustré
BORGES et BIOY CASARES	*Nouveaux contes de Bustos Domecq* 1908/3★
BOURGEADE Pierre	*Le lac d'Orta* 2410/2★
BRADFORD Sarah	*Grace* 2002/4★
BROCHIER Jean-Jacques	*Un cauchemar* 2046/2★
	L'hallali 2541/2★
BRUNELIN André	*Gabin* 2680/5★ & 2681/5★ (Novembre 89) Illustré
BURON Nicole de	*Vas-y maman* 1031/2★
	Dix-jours-de-rêve 1481/3★
	Qui c'est, ce garçon ? 2043/3★
CALDWELL Erskine	*Le bâtard* 1757/2★
CARS Guy des	*La brute* 47/3★
	Le château de la juive 97/4★
	La tricheuse 125/3★
	L'impure 173/4★
	La corruptrice 229/3★
	La demoiselle d'Opéra 246/3★
	Les filles de joie 265/3★
	La dame du cirque 295/2★
	Cette étrange tendresse 303/3★
	L'officier sans nom 331/3★
	Les sept femmes 347/4★
	La maudite 361/3★
	L'habitude d'amour 376/3★
	La révoltée 492/4★
	Amour de ma vie 516/3★
	La vipère 615/4★
	L'entremetteuse 639/4★
	Une certaine dame 696/4★
	L'insolence de sa beauté 736/3★
	Le donneur 809/2★
	J'ose 858/2★

Littérature

	La justicière 1163/2*
	La vie secrète de Dorothée Gindt 1236/2*
	La femme qui en savait trop 1293/2*
	Le château du clown 1357/4*
	La femme sans frontières 1518/3*
	Les reines de cœur 1783/3*
	La coupable 1880/3*
	L'envoûteuse 2016/5*
	Le faiseur de morts 2063/3*
	La vengeresse 2253/3*
	Sang d'Afrique 2291/5*
	Le crime de Mathilde 2375/4*
	La voleuse 2660/3*
CARS Jean des	*Elisabeth d'Autriche ou la fatalité* 1692/4*
CASSAR Jacques	*Dossier Camille Claudel* 2615/5*
CATO Nancy	*L'Australienne* 1969/4* & 1970/4*
	Les étoiles du Pacifique 2183/4* & 2184/4*
	Lady F. 2603/4*
CESBRON Gilbert	*Chiens perdus sans collier* 6/2*
	C'est Mozart qu'on assassine 379/3*
CHABAN-DELMAS Jacques	*La dame d'Aquitaine* 2409/2*
CHAVELET J. et DANNE E. de	*Avenue Foch / Derrière les façades...* 1949/3*
CHEDID Andrée	*La maison sans racines* 2065/2*
	Le sixième jour 2529/3*
	Le sommeil délivré 2636/3*
CHOW CHING LIE	*Le palanquin des larmes* 859/4*
	Concerto du fleuve Jaune 1202/3*
CHRIS Long	*Johnny* 2380/4* Illustré
CLANCIER Georges-Emmanuel	*Le pain noir :*
	1-Le pain noir 651/3*
	2-La fabrique du roi 652/3*
	3-Les drapeaux de la ville 653/4*
	4-La dernière saison 654/4*
CLAUDE Madame	*Le meilleur c'est l'autre* 2170/3*
CLAVEL Bernard	*Le tonnerre de Dieu qui m'emporte* 290/1*
	Le voyage du père 300/1*
	L'Espagnol 309/4*
	Malataverne 324/1*
	L'hercule sur la place 333/3*
	Le tambour du bief 457/2*
	L'espion aux yeux verts 499/3*
	La grande patience :
	1-La maison des autres 522/4*
	2-Celui qui voulait voir la mer 523/4*
	3-Le cœur des vivants 524/4*
	4-Les fruits de l'hiver 525/4*

Littérature

	Le Seigneur du Fleuve 590/**3**★
	Pirates du Rhône 658/**2**★
	Le silence des armes 742/**3**★
	Tiennot 1099/**2**★
	Les colonnes du ciel :
	1-La saison des loups 1235/**3**★
	2-La lumière du lac 1306/**4**★
	3-La femme de guerre 1356/**3**★
	4-Marie Bon Pain 1422/**3**★
	5-Compagnons du Nouveau-Monde 1503/**3**★
	Terres de mémoire 1729/**2**★
	Bernard Clavel Qui êtes-vous ? 1895/**2**★
	Le Royaume du Nord :
	-Harricana 2153/**4**★
	-L'Or de la terre 2328/**4**★
	-Miséréré 2540/**4**★
CLERC Christine	*L'Arpeggione* 2513/**3**★
CLERC Michel	*Les hommes mariés* 2141/**3**★
COCTEAU Jean	*Orphée* 2172/**2**★
COLETTE	*Le blé en herbe* 2/**1**★
COLLINS Jackie	*Les dessous de Hollywood* 2234/**4**★ & 2235/**4**★
COMPANEEZ Nina	*La grande cabriole* 2696/**4**★ (Décembre 89)
CONROY Pat	*Le Prince des marées* 2641/**5**★ & 2642/**5**★
CONTRUCCI Jean	*Un jour, tu verras...* 2478/**3**★
CORMAN Avery	*Kramer contre Kramer* 1044/**3**★
CUNY Jean-Pierre	*L'aventure des plantes* 2659/**4**★
DANA Jacqueline	*Les noces de Camille* 2477/**3**★
DAUDET Alphonse	*Tartarin de Tarascon* 34/**1**★
	Lettres de mon moulin 844/**1**★
DAVENAT Colette	*Les émigrés du roi* 2227/**6**★
	Daisy Rose 2597/**6**★
DEFLANDRE Bernard	*La soupe aux doryphores ou dix ans en 40* 2185/**4**★
DHOTEL André	*Le pays où l'on n'arrive jamais* 61/**2**★
DICKENS Charles	*Espoir et passion (Un conte de deux villes)* 2643/**5**★
DIDEROT Denis	*Jacques le fataliste et son maître* 2023/**3**★
DJIAN Philippe	*37°2 le matin* 1951/**4**★
	Bleu comme l'enfer 1971/**4**★
	Zone érogène 2062/**4**★
	Maudit manège 2167/**5**★
	50 contre 1 2363/**3**★
	Echine 2658/**5**★
DORIN Françoise	*Les lits à une place* 1369/**4**★
	Les miroirs truqués 1519/**4**★
	Les jupes-culottes 1893/**4**★

Littérature

DUFOUR Hortense	Le Diable blanc (Le roman de Calamity Jane) 2507/4*
DUMAS Alexandre	La dame de Monsoreau 1841/5*
	Le vicomte de Bragelonne 2298/4* & 2299/4*
DUNNE Dominick	Pour l'honneur des Grenville 2365/4*
DYE Dale A.	Platoon 2201/3* Inédit
DZAGOYAN René	Le système Aristote 1817/4*
EGAN Robert et Louise	La petite boutique des horreurs 2202/3* Illustré
Dr ETIENNE J. et DUMONT E.	Le marcheur du Pôle 2416/3*
EXBRAYAT Charles	Ceux de la forêt 2476/2*
FIELDING Joy	Le dernier été de Joanne Hunter 2586/4*
FLAUBERT Gustave	Madame Bovary 103/3*
FOUCAULT Jean-Pierre & Léon	Les éclats de rire 2391/3*
FRANCK Dan	Les Adieux 2377/3*
FRANCOS Ania	Sauve-toi, Lola ! 1678/4*
FRISON-ROCHE Roger	La peau de bison 715/2*
	La vallée sans hommes 775/3*
	Carnets sahariens 866/3*
	Premier de cordée 936/3*
	La grande crevasse 951/3*
	Retour à la montagne 960/3*
	La piste oubliée 1054/3*
	Le rapt 1181/4*
	Djebel Amour 1225/4*
	Le versant du soleil 1451/4* & 1452/4*
	Nahanni 1579/3* Illustré
	L'esclave de Dieu 2236/6*
FYOT Pierre	Les remparts du silence 2417/3*
GEDGE Pauline	La dame du Nil 2590/6*
GERBER Alain	Une rumeur d'éléphant 1948/5*
	Le plaisir des sens 2158/4*
	Les heureux jours de monsieur Ghichka 2252/2*
	Les jours de vin et de roses 2412/2*
GOES Albrecht	Jusqu'à l'aube 1940/3*
GOISLARD Paul-Henry	Sarah :
	1-La maison de Sarah 2583/5*
	2-La femme de Prague 2661/4*
GORBATCHEV Mikhail	Perestroïka 2408/4*
GOULD Heywood	Cocktail 2575/5* Inédit
GRAY Martin	Le livre de la vie 839/2*
	Les forces de la vie 840/2*
	Le nouveau livre 1295/4*
GRIMM Ariane	Journal intime d'une jeune fille 2440/3*
GROULT Flora	Maxime ou la déchirure 518/2*
	Un seul ennui, les jours raccourcissent 897/2*
	Ni tout à fait la même, ni tout à fait une autre 1174/3*

Littérature

	Une vie n'est pas assez 1450/3*
	Mémoires de moi 1567/2*
	Le passé infini 1801/2*
	Le temps s'en va, madame.... 2311/2*
GUIROUS D. et GALAN N.	*Si la Cococour m'était contée* 2296/4* Illustré
GURGAND Marguerite	*Les demoiselles de Beaumoreau* 1282/3*
HALEY Alex	*Racines* 968/4* & 969/4*
HARDY Françoise	*Entre les lignes entre les signes* 2312/6*
HAYDEN Torey L.	*L'enfant qui ne pleurait pas* 1606/3*
	Kevin le révolté 1711/4*
	Les enfants des autres 2543/5*
HEBRARD Frédérique	*Un mari c'est un mari* 823/2*
	La vie reprendra au printemps 1131/3*
	La chambre de Goethe 1398/3*
	Un visage 1505/2*
	La Citoyenne 2003/3*
	Le mois de septembre 2395/2*
	Le harem 2456/3*
	La petite fille modèle 2602/3*
	La demoiselle d'Avignon 2620/4*
HEITZ Jacques	*Prélude à l'ivresse conjugale* 2644/3*
HILL Susan	*Je suis le seigneur du château* 2619/3*
HILLER B.B.	*Big* 2455/2*
HORGUES Maurice	*La tête des nôtres (L'oreille en coin/France Inter)* 2426/5*
ISHERWOOD Christopher	*Adieu à Berlin (Cabaret)* 1213/3*
JAGGER Brenda	*Les chemins de Maison Haute* 1436/4* & 1437/4*
	Antonia 2544/4*
JEAN Raymond	*La lectrice* 2510/2*
JONG Erica	*Les parachutes d'Icare* 2061/6*
	Serenissima 2600/4*
JYL Laurence	*Le chemin des micocouliers* 2381/3*
KASPAROV Gary	*Et le Fou devint Roi* 2427/4*
KAYE M.M.	*Pavillons lointains* 1307/4* & 1308/4*
	L'ombre de la lune 2155/4* & 2156/4*
	Mort au Cachemire 2508/4*
KENEALLY Thomas	*La liste de Schindler* 2316/6*
KIPLING Rudyard	*Le livre de la jungle* 2297/2*
	Simples contes des collines 2333/3*
	Le second livre de la jungle 2360/2*
KONSALIK Heinz G.	*Amours sur le Don* 497/5*
	La passion du Dr Bergh 578/3*
	Dr Erika Werner 610/3*
	Aimer sous les palmes 686/2*
	Les damnés de la taïga 939/4*
	L'homme qui oublia son passé 978/2*

Impression Brodard et Taupin
à La Flèche (Sarthe) le 30 novembre 1989
6729B-5 Dépôt légal novembre 1989
ISBN 2-277-11931-8
1ᵉʳ dépôt légal dans la collection : mars 197
Imprimé en France
Editions J'ai lu
27, rue Cassette, 75006 Paris
diffusion France et étranger : Flammarion